MÔR

Bachgen yn y Môr

Morris Gleitzman

Addasiad Elin Meek

Gomer

I

Mohammed, Marzia, Khalil, Razia, Ruhullah

Cyhoeddwyd yn Awstralia yn 2002
gan Penguin Group (Australia) dan y teitl *Boy Overboard*
Swyddfa Cofrestredig Penguin Books Ltd:
80 Strand, London WC2 0RIL, England

ⓗ Creative Input Pty Ltd, 2002 ©
ⓗ y testun Cymraeg: Gwasg Gomer, 2007 ©

Cyhoeddwyd yn 2007 gan
Wasg Gomer, Llandysul, Ceredigion, SA44 4JL
www.gomer.co.uk

Adargraffwyd gan Y Lolfa 2021

ISBN 978 1 84323 841 6

Noddwyd gan Lywodraeth Cynulliad Cymru.

Argraffwyd a rhwymwyd yng Nghymru gan
Y Lolfa, Talybont, Ceredigion, SY24 5HE

Annwyl Ddarllenydd

Stori yw hon. Nid stori am deulu go iawn, ond stori dw i wedi'i chreu. Ond allwn i byth fod wedi'i hysgrifennu hi heb help y bobl a fuodd mor garedig â sôn am eu teithiau rhyfeddol.

Oherwydd nad ydw i erioed wedi bod yn ffoadur a dydw i ddim yn dod o Afghanistan, efallai bod rhai manylion yn anghywir. Os felly, dw i'n gofyn am eu maddeuant nhw, a'ch maddeuant chithau.

Ysgrifennais y stori hon i ddangos fy mod yn cydymdeimlo â phlant ymhobman sy'n gorfod ffoi er mwyn gallu goroesi, a hefyd i ddangos cymaint dw i'n edmygu'r oedolion sy'n eu croesawu ar ben eu taith.

Morris Gleitzman

1

Fi yw Manchester United ac mae'r bêl gyda fi ac mae popeth yn dda.

Does dim mwg, na nwy nerfau, na stormydd tywod. Does dim ffrwydradau i'w clywed hyd yn oed. Mae hynny'n arbennig o dda. Mae arogl bomiau wir yn gallu tynnu dy sylw oddi ar dy sgiliau pêl-droed.

Dyma Newcastle United yn rhuthro ataf i. Dw i'n osgoi'r dacl. Un bach yw Aziz ond mae'n gyflym ac mae'n dod amdanaf eto.

Dw i'n ei ddrysu â gwaith traed. Dw i'n gwau un ffordd, ac yna'r llall. Alla i ddim gweld y bêl wrth fy nhraed yn iawn, ac nid dim ond oherwydd y gwres oddi ar yr anialwch sy'n gwneud i'r awyr grynu.

Dyma Mussa, Newcastle United hefyd, yn ceisio tynnu fy nhraed o'm pigyrnau. Gallai wneud hynny, mae flwyddyn yn hŷn na fi. Ond dw i'n llwyddo i osgoi ei esgidiau mawr a chicio'r bêl yn sydyn rhwng ei goesau.

'Rwyt ti'n gwneud 'na bob tro,' cwyna Mussa.

Dw i'n gwenu, mynd heibio iddo, llywio'r bêl o gwmpas gard olwyn hen gerbyd milwyr, a gweld 'mod i o flaen y gôl.

Y cyfan sydd angen ei wneud yw curo Yusuf, y gôl-geidwad a'r dyfarnwr.

Mae Yusuf yn ei gwrcwd rhwng dau bentwr o rwbel. Mae'n cadw ei lygaid ar y bêl wrth fy nhraed.

'Draw fan hyn, Jamal,' sgrechia Zoltan, sydd hefyd yn nhîm Manchester United. 'Pasia.'

Dyna fyddwn i'n ei wneud fel arfer. Dw i'n enwog am basio. Gofyn i unrhyw un o'r saith plentyn yn yr ysgol. 'Mae Jamal yn dda am ddriblo,' meddent, 'ac yn basiwr arbennig o dda.' Taswn i'n cael taflegryn heb ffrwydro am bob gôl dw i wedi'i rhoi ar blât i bobl eraill, byddwn yn gallu dechrau busnes metel sgrap.

Ond y tro hwn dw i eisiau sgorio fy hunan. Dw i eisiau rhoi gwaedd fel rhyfelwr a chicio'r bêl nerth fy nhraed a'i gwylio'n gwibio heibio i Yusuf fel taflegryn Scud.

Dim ond unwaith.

'Jamal,' sgrechia Zoltan, gan godi a gostwng ei freichiau fel bwncath â bola tost. 'Draw fan hyn.'

Dw i'n ei anwybyddu. Dw i'n penderfynu saethu'n isel a cheisio gwyro'r bêl. Mae'n rhaid i ti feddwl am rywbeth gyda Yusuf yn y gôl. Mae'n dda am achub y bêl, yn enwedig o gofio mai dim ond un goes sydd ganddo.

Dw i'n gallu clywed Aziz a Mussa'n cau amdanaf.

Dw i'n ymbaratoi ac yn saethu.

Anobeithiol.

Dw i wedi'i sleisio hi. Yn union fel y tro diwethaf. A phob tro cyn hynny.

Mae'r bêl yn mynd yn araf bach tuag at Yusuf. Dyw e ddim hyd yn oed yn esgus 'mod i wedi'i tharo hi'n dda. Dyw e ddim yn cwympo arni na dim. Y cyfan mae'n ei wneud yw codi'r bêl a'i thaflu'n ôl dros fy mhen.

'Ymdrech wael.' Mae Aziz yn chwerthin y tu ôl i mi.

Mae Zoltan yn edrych arna i fel petai bom Americanaidd wedi taro fy mhen a drysu fy ymennydd.

'Jamal!' medd Zoltan. 'Doedd neb yn fy marcio i!'

'Sori,' meddaf, gan aros iddo fe ac Aziz a Mussa wneud sylw cas am chwaraewyr canol cae sy'n meddwl eu bod nhw'n saethwyr ond dydyn nhw ddim.

Ond dydyn nhw ddim yn dweud dim.

Does neb yn dweud gair.

Dw i'n sylweddoli nad ydyn nhw'n edrych arna i, hyd yn oed. Maen nhw'n syllu ar rywbeth y tu ôl i mi. Mae eu hwynebau wedi'u rhewi. Maen nhw'n gegrwth. Maen nhw'n syfrdan.

Am eiliad erchyll dw i'n meddwl mai'r llywodraeth sydd yno. Dyw'r llywodraeth ddim wedi gwahardd pêl-droed yn swyddogol, ond dydyn nhw ddim yn hoffi bod pobl yn chwarae. Dw i'n meddwl eu bod nhw'n teimlo embaras oherwydd nad oes sêr pêl-droed rhyngwladol gyda ni yma yn Afghanistan.

Dw i'n troi ac yn edrych yn ofnus ar y ffurf y tu ôl i ni.

Rhywbeth annisgwyl sydd yno. Nid dyn cas mewn mantell hir ddu a barf hir a ffon hyd yn oed yn hirach. Rhywbeth mwy dychrynllyd byth. Plentyn mewn ffrog a phenwisg gyfarwydd iawn.

'Bibi,' ebychaf.

'Iiich,' crawcia Aziz, a'i wyneb yn llawn rhyfeddod. 'Dy chwaer sy 'na.'

Mae popeth yn dawel am eiliad, heblaw am y gwynt sy'n chwythu oddi ar yr anialwch agored a sŵn rhywun yn y pellter yn drilio darnau o fomiau allan o wal eu tŷ yn y pentref.

Mae'r bêl wrth draed Bibi. Mae hi'n dechrau driblo tuag atom.

'Dw i eisiau chwarae,' medd hi.

Rydyn ni i gyd yn camu am yn ôl.

'Na,' ymbilia Mussa ar Bibi. 'Chei di ddim.'

Mae Bibi'n ei anwybyddu. 'Dw i wedi cael llond bol ar aros yn y tŷ,' medd hi. 'Dw i eisiau chwarae pêl-droed. Dewch, y talpiau meddal o gaca camel, dewch i 'nhaclo i.'

Mae'r lleill yn dal i gerdded am yn ôl gan edrych arna i. Dw i'n sylweddoli bod yn rhaid i mi wneud rhywbeth. Aelod o 'nheulu i yw'r person yma sy'n ein rhoi ni i gyd mewn perygl.

Y syniad cyntaf sy'n dod i'm meddwl yw gweiddi arni. Wedyn dw i'n cofio mai dim ond naw oed yw hi. Ddwy flynedd yn ôl roeddwn i'n

arfer drysu ac anghofio pethau hefyd. Rhaid bod
Bibi wedi anghofio nad yw merched yn cael
gadael y tŷ heb riant. Rhaid ei bod hi wedi
anghofio bod yn rhaid i ferched guddio eu
hwynebau bob amser pan fyddan nhw allan o'r tŷ.
A rhaid ei bod hi wedi anghofio ei bod hi'n hollol,
hollol anghyfreithlon i ferched chwarae pêl-droed.

'Gwna rywbeth,' medd Aziz o dan ei anadl
wrtha i.

Dw i'n agor fy ngheg i atgoffa Bibi am hyn i
gyd, ond wedyn dw i'n ei chau hi. Does dim
amser i siarad. Mae hi'n agosáu nawr, a'i llygaid
yn pefrio wrth iddi ddriblo'r bêl â'i thraed noeth.
Os bydd swyddog o'r llywodraeth yn ein gweld ni
wrth fynd am dro yn yr anialwch, bydd yn ein
curo â'i ffon cyn i mi allu dweud, 'Dim ond naw
oed yw hi.' Ac wedyn bydd heddlu'r llywodraeth
yn dod i'r tŷ ac yn mynd â Mam a Dad am nad
ydyn nhw'n gallu cadw trefn ar eu merch.

'Taclwch hi,' meddaf wrth y lleill.

Maen nhw'n syllu arnaf, wedi drysu.

'Ewch â'r bel oddi arni,' meddaf.

Nawr maen nhw'n deall. Dyma ni i gyd yn
rhuthro at Bibi. Heb arafu, dyma hi'n osgoi Aziz,
yn gwau heibio i Mussa, ac yn taro'r bêl yn sydyn
rhwng fy nghoesau.

Anhygoel! Mae hi wedi cofio pob sgìl dw i
wedi'i ddysgu iddi.

'Dyw hyn ddim yn deg!' gwaeddaf wrth redeg
fel y gwynt ar ei hôl. 'Fe wnest ti addo mai dim

ond yn dy ystafell wely y byddet ti'n chwarae pêl-droed. Fe wnest ti addo.'

Mae hi'n fy anwybyddu ac yn mynd am y gôl. Mae Yusuf, â golwg ansicr ar ei wyneb, yn cyrcydu ar y llinell gôl, ac yn cadw'i lygaid ar y bêl.

Mae Zoltan wedi dal i fyny â hi.

'Bibi!' gwaeddaf. 'Draw fan hyn! Pasia!'

Alla i ddim credu'r peth. Y cyfan mae Zoltan yn meddwl amdano yw cael saethu at y gôl. Yn sydyn, dw i ddim eisiau i Bibi basio iddo. Dw i eisiau iddi hi ei hunan saethu at y gôl.

'Fi!' sgrechia Zoltan.

Mae Bibi'n ei anwybyddu. Heb aros nac oedi i godi gwaelod ei sgert, mae hi'n saethu.

Mae hi'n taro'r bêl yn wych – yn isel ac yn galed.

Mae Yusuf yn cwympo am y bêl ond mae hi'n mynd heibio i'w fysedd ac yn gwibio i'r crater roced y tu ôl iddo.

'Hwrê!' clywaf fy hunan yn bloeddio.

'Gôl i Afghanistan!' bloeddia Bibi.

Mae hi'n gwenu'n falch arnaf â'i gwynt yn ei dwrn. Dw innau'n gwenu'n ôl. Wedyn dw i'n cofio mai fi yw ei brawd mawr a dw i fod rhoi pryd o dafod iddi pan fydd hi'n rhoi pawb mewn perygl, gan gynnwys hi ei hunan.

Mae Aziz a Mussa a Zoltan yn syllu'n gegrwth ar y bêl, sydd wedi diflannu dros ochr draw'r crater roced.

'Dw i'n mynd adref,' medd Aziz.

'A finnau hefyd,' medd Mussa.

'A finnau hefyd,' medd Zoltan.

A dyma'r tri ohonyn nhw'n rhedeg nerth eu traed.

'Dw i'n credu eu bod nhw'n mynd adref i ymarfer yn eu hystafelloedd gwely,' medd Bibi. Dyw hi ddim fel petai hi'n sylwi fy mod i'n edrych yn gas arni. 'Fe af i nôl y bêl,' medd hi, 'wedyn fe allwn ni chwarae un bob ochr a Yusuf yn y gôl.'

Cyn i mi allu ei rhwystro, mae hi'n rhedeg tuag at y crater roced.

'Bibi,' gwaeddaf. 'Dere'n ôl.'

'Cer ar ei hôl hi,' medd Yusuf, sy'n dal i orwedd yn y llwch.

Fel arfer fe fyddwn i'n helpu Yusuf i godi ar ei draed ar ôl iddo gwympo fel 'na ond does dim amser.

Dw i'n gwibio ar ôl Bibi.

Ochr draw i'r crater roced mae'r anialwch agored.

Rhaid bod Bibi wedi anghofio pam nad ydyn ni byth yn mynd yno.

2

'Bibi,' gwaeddaf wrth grafangu dringo i fyny ymyl y crater roced. 'Gwylia am y ffrwydron tir.'

Alla i mo'i gweld hi. Rhaid ei bod hi yn y twll nesaf.

'Aros yn llonydd,' bloeddiaf. 'Paid â symud cam.'

Plîs, dw i'n ymbil yn dawel ar y ffrwydron tir. Peidiwch â gadael iddi gamu arnoch chi. Dim ond naw oed yw hi. Dyma'r tro cyntaf iddi fod yn yr anialwch. Byddwch yn garedig.

Dw i'n llithro i'r rhigol. Dyw Bibi ddim yno. Na'r bêl chwaith. Ond allan nhw ddim bod wedi chwythu i fyny heb i mi glywed y ffrwydrad.

Anhygoel. Rhaid ei bod hi wedi saethu'r bêl hyd yn oed yn bellach nag oeddwn i'n meddwl. Dw i'n siŵr na fyddai David Beckham yn gallu cicio pêl cyn belled â hynny, ddim dros grater roced a rhigol. Dim ond mewn gêm derfynol cwpan, efallai.

Dyma fi'n dringo allan o'r rhigol ac i fyny i dwyn tywod, a syllu i'r gwynt. Ac yn gweld Bibi. Mae hi i lawr ar yr anialwch gwastad, yn rhedeg tuag at y bêl.

'Bibi,' sgrechiaf. 'Gwylia lle rwyt ti'n rhoi dy draed.'

Mae'r anialwch gwastad yn mynd yr holl ffordd tua'r gorwel. Drwy lwc, dyw'r bêl ddim wedi rholio cyn belled â hynny. Drwy lwc, mae tanc wedi'i stopio hi.

Mae Dad o hyd yn dweud bod yr anialwch wedi'i ddifetha gan holl rwbel y rhyfel sydd yno: tanciau wedi'u gadael, awyrennau wedi cwympo i'r ddaear a thryciau cario milwyr. Ond weithiau mae rwbel y rhyfel yn gallu bod yn ddefnyddiol.

'Diolch,' meddaf o dan fy ngwynt wrth y pentwr o fetel rhydlyd wrth gerdded gan bwyll bach tuag at Bibi. Dw i'n crynu gan ryddhad ond dw i'n dal i lwyddo i osod fy nhraed yn union yn olion ei thraed hi. Os gwnawn ni'n dau'r un peth ar y ffordd yn ôl, gallaf ei chael hi adre'n ddiogel.

Wrth i mi agosáu ati, dw i'n clywed gwichian. Dw i'n codi fy mhen ac yn gweld rhywbeth annisgwyl.

Mae baril dryll y tanc yn symud.

Dim ond mymryn bach.

Tuag at Bibi.

Mae hi'n stopio rhedeg. Mae taflegrau'n ymosod ar fy nghalon. Wedyn dw i'n gwenu wrth sylweddoli beth sy'n digwydd.

'Mae popeth yn iawn,' meddaf â'm gwynt yn fy nwrn wrth ddod at Bibi. 'Pan gafodd y tanc ei adael, wnaethon nhw ddim trafferthu tynnu'r brêc llaw neu beth bynnag sy'n atal barilau'r tanc rhag symud yn y gwynt.'

Mae Bibi'n rhythu'n gas arnaf. 'Beth wyt ti'n ei wneud fan hyn?' medd hi. 'Dwyt ti ddim yn meddwl 'mod i'n ddigon mawr i nôl pêl ar fy mhen fy hun?'

Dw i'n ochneidio'n dawel. Pan fydd teimladau Bibi wedi'u brifo, mae hi fel arfer yn troi'n gas.

'Dim hynny sydd,' meddaf, a cheisio meddwl yn gyflym. 'Poeni am yr amser dw i. Os na fyddi di gartref pan fydd Mam yn deffro ar ôl ei napyn a Dad yn dod 'nôl, fyddan nhw ddim yn gwybod ble rwyt ti. Fe fyddan nhw'n poeni.'

'Na fyddan,' medd Bibi. 'Fe adewais nodyn iddyn nhw.'

'Nodyn?' meddaf yn wan.

'Yn dweud 'mod i wedi mynd i chwarae pêl-droed.'

Yn sydyn mae fy llwnc yn sychach na thanc tanwydd yr hen danc rhydlyd.

'Bibi,' crawciaf. 'Mae'n rhaid, rhaid i ni fynd adref nawr a rhwygo'r nodyn yn ddarnau.'

'Pam?' medd Bibi'n heriol.

'Mae merched yn chwarae pêl-droed yn drosedd fawr,' meddaf. 'Bron cymaint â bod Mam a Dad yn rhedeg ysgol anghyfreithlon yn y tŷ. Os bydd y llywodraeth yn dod o hyd i'r nodyn yna, fe fydd Mam a Dad mewn helynt difrifol.'

Mae Bibi'n edrych yn drist. 'Feddyliais i ddim am hynny,' medd hi.

Mae'n troi ac yn dechrau mynd am 'nôl.

'Gwna'n siŵr dy fod ti'n camu ar dy olion traed,' meddaf wrthi. 'Fe af i nôl y bêl ac fe fydda i'n union y tu ôl i ti.'

Dw i'n brysio at y bêl, sy'n gorwedd yn erbyn un o draciau enfawr y tanc.

Wrth i mi agosáu, dw i'n gweld nad yw'r tanc yn rhydlyd wedi'r cyfan. Mae paent cuddliw drosto i gyd. Dw i'n sylweddoli rhywbeth arall. Y sŵn curo yna. Yr un sy'n swnio fel y gwynt yn dirgrynu'r platiau arfog. Nid y gwynt yw'r sŵn, ond injan y tanc yn chwyrnu.

Dw i'n rhewi.

Mae fy ymennydd yn crebachu mewn ofn.

Nid wedi cael ei adael mae'r tanc, ond wedi cael ei barcio.

Dw i'n syllu i fyny arno, gan wneud fy ngorau glas i weld pa fath o farciau sydd arno, rhai America neu Rwsia neu Brydain neu Iran. Nid bod llawer o wahaniaeth. Alla i ddim cofio pwy sydd ar ein hochr ni eleni beth bynnag.

Pan oeddwn i'n fach ac yn arfer chwarae tanciau gyda chasys bomiau llaw gwag, fe fyddwn bob amser yn peintio'r tanciau da yn lliwiau llachar a'r tanciau drwg yn lliwiau pŵl. Pam na all byddinoedd wneud hynny?

Mae'r tanc yn rhoi ysgytwad sydyn ac yn chwyrnu'n uchel. Mae'r metel yn rhoi sgrech erchyll ac mae'r faril gwn enfawr yn symud o gwmpas yn araf hyd nes ei bod yn anelu'n syth ataf.

Mae fy nhu mewn yn troi'n iogwrt. Dw i eisiau cloddio twll a chuddio ond dw i'n gwybod bod gan y tanciau ddyfeisiau isgoch sy'n chwilio am wres er mwyn dod o hyd i ffoaduriaid. A'r eiliad hon, mae fy ngheseiliau fel ffwrn.

'Rhed!' gwaeddaf dros fy ysgwydd at Bibi.

Efallai na fydd y tanc yn ein saethu ni. Efallai bod y milwyr yn y tanc wedi cael llond bol ar gael eu gwasgu y tu mewn iddo a bod ychydig o wynt ar un ohonyn nhw.

Mae'n bosibl, ond dyw fy nghoesau ddim yn credu hynny. Maen nhw'n crynu cymaint fel na allaf redeg, hyd yn oed.

Clwng.

Beth oedd hwnna?

Clwng.

Mae carreg yn sboncio oddi ar y tanc.

Dw i'n troi'n gyflym. Mae Bibi, a'i llygaid yn fawr gan ddicter, yn taflu carreg arall.

'Y talpiau meddal o gaca camel,' gwaedda ar y tanc. 'Rhowch ein pêl 'nôl i ni.'

3

'Lawr â ti,' bloeddiaf ar Bibi.

Dw i'n fy nhaflu fy hunan i'r llawr, gan wasgu fy wyneb i'r llwch. Mae Bibi'n syllu arna i am eiliad, yna mae hi'n gorwedd i lawr yn araf.

'Y bwncath barus,' gwaedda ar y tanc. Mae'n rholio ar ei hochr ac yn taflu carreg arall ato.

'Paid!' sgrechiaf arni. 'Fe gawn ni ein lladd o dy achos di!'

Dw i'n dechrau gweld pam mae'r llywodraeth eisiau cadw merched wedi'u cloi yn y tŷ.

Mae rhywbeth yn fy llais yn gwneud iddi roi'r gorau iddi. Rydyn ni'n gorwedd yn llonydd. Wel, yn weddol lonydd. Mae fy nhu mewn yn crynu fel geifr pan fydd cyrch bomio.

Mae Bibi'n codi ar ei phenelinoedd. 'Pam rydyn ni ar y llawr?' medd hi. 'Os yw'r tanc eisiau ein saethu ni, fe fydd e'n ein saethu ni.'

Mae hi'n iawn.

Rydyn ni'n codi ar ein traed. Cael a chael oedd hi, roedd fy nghoesau mor sigledig. Mae baril gwn y tanc yn dal i bwyntio atom.

'O'r gorau,' sibrydaf yn sigledig wrth Bibi. 'Fe siaradaf i â'r tanc. Cerdda'n araf am 'nôl a cher yn syth adref. A cherdda ar dy olion traed.'

Mae llygaid Bibi'n fflachio. 'Dw i ddim yn gadael y bêl,' medd hi. 'Na ti.'

'Paid â phoeni,' meddaf, dan grynu. 'Fe gaf i'r bêl.' Mae hi'n agor ei cheg i ddadlau, ond dw i'n dal ati i siarad. 'Mae Yusuf 'nôl yn y tŷ ar ei ben ei hun. Mae angen dy help di arno fe.'

Dyw Bibi ddim yn dadlau â hyn. Dyna un o'r pethau da amdani. Mae hi'n fodlon dadlau am unrhyw beth, ond fe fydd hi bob amser yn helpu ffrind.

Dw i'n ei gwylio hi'n mynd yn ofalus tuag at grater y roced. Mae'n dilyn yr olion traed y mae'r gwynt wedi dechrau chwythu llwch drostynt.

Dw i bron â thorri 'mol eisiau mynd gyda hi, ond alla i ddim gadael fy mhêl werthfawr. Y bêl dw i wedi'i chuddio rhag y llywodraeth am bron i ddwy flynedd. Y bêl dw i wedi rhoi tua miliwn o glytiau arni oherwydd yr holl ddarnau metel miniog sydd o gwmpas fan hyn. Y bêl dw i'n ei charu fel chwaer.

Dw i'n troi 'nôl i wynebu'r tanc. A dw i'n gweld nad dim ond pwyso yn erbyn un o'r traciau enfawr mae'r bêl, ond ei bod hi wedi hanner ei gwasgu oddi tano.

Os bydd y tanc yna'n rholio ymlaen, bydd fy mhêl-droed yn ffrwydro'n ddarnau, ac ni fydd yr holl glytiau beic a chariad yn y byd yn gallu ei hachub hi.

Dw i'n gwybod beth mae'n rhaid i mi ei wneud.

Dw i'n cofio Mam yn sôn wrthyf am ei

hynafiaid. Rhyfelwyr dewr a ffyrnig yr anialwch, yn eistedd yn dalsyth a balch yng nghyfrwyau eu ceffylau gwych Arabaidd. Mae hi hefyd wedi sôn wrtha i am hynafiaid Dad, pobyddion onest a gweithgar, yn pobi bara fel bod gan y rhyfelwyr ffyrnig hynny rywbeth i sychu'r grefi oddi ar eu platiau. Ond yr hynafiaid oedd yn rhyfelwyr sy'n rhaid i mi feddwl amdanyn nhw nawr.

Dw i'n ceisio peidio dangos i'r tanc pa mor ofnus dw i. Dw i'n ceisio gwneud fy hunan mor dal ag y gallaf, sydd ddim yn dal iawn o'i gymharu â thanc. Dw i'n ceisio gwneud i'm llais swnio fel un o ryfelwyr yr anialwch.

'Esgusodwch fi,' meddaf. 'Gaf i fy mhêl 'nôl, plîs?'

Siarad yn uniongyrchol ond yn gwrtais. Dw i'n credu mai dyna sut byddai rhyfelwr wedi siarad. Ond gyda llai o gryndod yn ei lais a'i bledren.

Dyw'r tanc ddim yn ateb.

'Mae'n ddrwg gyda fi bod fy chwaer wedi taflu cerrig atoch chi,' meddaf. 'Peidiwch â digio. Mae hi'n taflu cerrig at bawb.'

Dw i'n oedi'n obeithiol, a'm calon yn mynd fel tryc milwyr yn y gêr cyntaf.

Dim byd.

'Plîs,' meddaf. 'Mae angen y bêl arna i. Pêl-droed fydd fy ngyrfa i. A dyna'r unig obaith sydd gan Bibi i fynd o'r tŷ a chael hwyl a dianc rhag cael ei chadw yn y tŷ gan y llywodraeth fel yr holl ferched a menywod eraill yma.'

Mae fy ngwynt yn fy nwrn. Wrth i mi geisio cael fy ngwynt ataf, dw i'n sylweddoli nad yw siarad yn mynd i fod yn ddigon. Mae tanciau'n gofyn am fwy na dim ond siarad.

Gan grynu, a'm ceg mor sych â thun bara poeth, dw i'n symud gam wrth gam tuag at y faril gwn.

Dyma fyddai rhyfelwr yr anialwch yn ei wneud, meddaf wrthyf fy hun. Doedd rhyfelwyr yr anialwch ddim yn rhedeg i ffwrdd rhag ychydig o berygl. Os oedd eu pêl yn mynd yn sownd o dan danc, byddent yn mynd i'w nôl hi.

Dw i'n mynd yn fy nghwrcwd, cydio yn y bêl a cheisio'i thynnu hi o dan y tanc, ond mae'r darnau o drac metel yn fwy trwchus na fy mrest.

Mae'r hen bêl yn gwrthod symud.

Dw i'n lapio fy mreichiau o'i chwmpas ac yn rhoi pob gewyn yn fy nghorff ar waith, gan grafu'r llawr yn wyllt â'm traed. Ond does dim yn tycio. Mae'r tanc yn rhy drwm.

Dw i'n cwympo 'nôl. Mae anobaith yn fy llethu.

Pwy dw i'n ei dwyllo? Etifeddais i ddim byd gan hynafiaid Mam. Bibi sydd â holl enynnau rhyfelwyr yr anialwch. Dim ond genynnau Dad gefais i. Cryfder, dewrder a ffyrnigrwydd pobydd.

Anobeithiol.

Mae anobaith yn chwyrlïo ynof a dw i'n gwneud rhywbeth dwl iawn.

'Pobyddion oedd fy hynafiaid i,' bloeddiaf ar y

tanc. 'Roedd ffyrnau poeth iawn ganddyn nhw. Rhai digon poeth i doddi hen danc, dwl.'

Dw i'n cau fy ngheg. Mae cur mawr yn fy mhen, a dw i'n meddwl tybed a ydw i'n mynd i farw.

Dw i'n clywed sŵn radio'n dod o'r tanc. Yna llais drwy'r radio. Dw i'n methu ei ddeall oherwydd bod fy ymennydd yn curo'n rhy swnllyd yn fy nghlustiau.

Yn sydyn mae'r tanc yn rhoi ysgytwad yn ei flaen.

Dw i'n taflu fy hunan am 'nôl yn y llwch, gan aros i'r bêl ffrwydro a'r rhan fwyaf o 'nghorff hefyd.

Dydyn nhw ddim yn ffrwydro.

Mae'r tanc yn mynd am 'nôl. Mae'r injan yn udo ac mae'r traciau'n taro a'r tanc yn troelli mewn cylch gan sgrechian. Wedyn mae'r tanc yn chwyrnu'n swnllyd am y gorwel, gan fy ngadael innau'n tagu yn y llwch.

Dw i'n cydio yn fy mhêl ac yn ei dal at fy mrest. Dw i'n dwlu ar arogl lledr, er bod Bibi'n meddwl mai pêl o groen camel yw hi. Dw i hyd yn oed yn dwlu ar arogl y clytiau rwber.

Dw i'n gwylio'r tanc yn rhuo ac yn chwyrnu tua'r gorwel.

'Diolch,' crawciaf.

Dw i'n codi fy llaw, ond does neb yn codi'i law arnaf.

Dw i'n codi ar fy nhraed. Mae fy mhen yn troi

gan ryddhad. Dw i'n diolch i'm hynafiaid. Hyd yn oed os nad yw rhyfelwyr yr anialwch yn gwrando, dw i'n gwybod bod y pobyddion yn gwneud hynny. Mae Dad yn dweud y gelli di ymddiried mewn pobl sy'n codi am 3 o'r gloch y bore ac mae e'n iawn.

Mae'r tanc wedi mynd. Mae popeth yn iawn. Mae'n ddiwrnod da o hyd.

Wedyn dw i'n clywed sgrech yn y pellter. Sgrech hir frawychus.

Bibi.

Dw i'n troi ac yn dechrau rhedeg yn ôl tuag ati.

Mae Yusuf yn gweiddi. Mae'i lais yn codi gan ofn.

'Jamal, Jamal, dere'n glou! Mae dy chwaer ddwl wedi sefyll ar ffrwydryn tir!'

4

Dim bang.

Dyna'r cyfan dw i'n ei feddwl wrth i mi grafu fy ffordd i fyny ochr crater y roced er mwyn mynd at Bibi. Mae rwbel yn rhwygo'r croen oddi ar fy mysedd, ond prin dw i'n sylwi.

Dim ffrwydrad.

Mae hynny'n beth da.

Oni bai . . .

Oni bai fy mod i wedi methu ei glywed pan oedd y tanc yn sgrechian. Neu fod sgert hir Bibi wedi distewi'r sŵn. Neu fod rhywun wedi dyfeisio ffrwydryn tir tawel.

Dwi'n ceisio peidio meddwl am hynny ac yn dal ati i ddringo.

Does dim arogl unrhyw ffrwydrad. Mae hynny'n beth da hefyd. Pan ddangosodd tad-cu Yusuf ffrwydryn tir i ni blant yn y pentref, roedd yr arogl yn ffiaidd. Yn waeth na sanau Mussa.

'Dal dy afael, Bibi,' gwaeddaf mewn braw. 'Fe fydd popeth yn iawn.'

Dydyn nhw ddim yn gallu fy nghlywed. Mae Yusuf yn gweiddi'n rhy uchel ac ae sgrechiadau Bibi'n llenwi'r awyr fel adar yr anialwch ar ôl brwydr.

Plîs, dw i'n gweddïo. Paid â gadael i'w choesau gael eu chwythu i ffwrdd. Dim un goes, hyd yn oed.

Dw i'n fy nhaflu fy hunan dros ymyl y crater.

Mae Bibi ar ochr draw'r maes pêl-droed, a rwbel rhyfel o'i chwmpas i gyd. Mae'n sefyll fel delw. Mae un goes yn syth, a'r llall wedi'i phlygu. Mae Yusuf ar ei bennau gliniau wrth ei choes syth, yn gwthio â'i ddwy law ar ei throed.

Wrth i mi redeg ati, dw i'n gweld beth sydd wedi digwydd. Dyw'r ffrwydryn tir ddim wedi ffrwydro achos bod pwysau Bibi'n dal arno. Os bydd hi'n symud ei throed oddi ar y plât metel, bydd y ffrwydryn yn ffrwydro.

'Bibi,' gwaeddaf. 'Paid â symud.'

Dyna beth dwl i'w ddweud. Dw i'n gallu gweld wrth yr olwg ddagreuol gas sydd ar Bibi ei bod hithau'n meddwl hynny hefyd.

Dw i'n mynd ar fy mhennau gliniau a gwasgu fy nwylo ar ben rhai Yusuf.

'Ow,' medd Bibi. 'Dw i'n cael dolur.'

'Pam na wnest ti gadw llygaid arni?' gwaeddaf ar Yusuf.

Dw i'n difaru'n syth. Mae golwg mor ddiflas â mi ar Yusuf.

'Sori,' meddaf. 'Nid ti sydd ar fai. Roedd y llywodraeth fod wedi clirio'r holl ffrwydron tir oedd mor agos â hyn at y pentref.'

'Dyna ddwedon nhw saith mlynedd yn ôl,' medd Yusuf o dan ei anadl, gan lithro un llaw oddi ar droed Bibi a rhwbio stwmpyn ei goes yn ei drowsus byr llac. 'Sori, Jamal.'

'Fi sydd ar fai,' medd Bibi. 'Fe welais i rywbeth ro'n i eisiau i'r prosiect adar yn yr ysgol.'

Mae'n pwyntio at bentwr o fetel rhydlyd gerllaw. Aden gyfan oddi ar awyren ryfel.

Dw i'n dweud dim. Gallaf deimlo troed Bibi'n crynu. Mae ei gwefusau wedi mynd yn wyn. Mae hi wedi dychryn, druan fach. Nid dyma'r adeg i'w hatgoffa bod ein hysgol ni i fod yn gyfrinach a fydd hi ddim yn gyfrinach yn hir iawn os yw hi'n dechrau llusgo darnau deg metr o ddeunydd prosiect i'r tŷ.

'Beth wnawn ni?' llefa'n dawel.

'Paid â phoeni,' meddaf. 'Fe feddylia i am rywbeth. Cofia am gyfrinach pêl-droed. Paid byth â rhoi'r ffidil yn y to, hyd yn oed pan fydd pethau'n edrych yn ddu.'

Mae Bibi'n beichio crio eto.

'Paid â dweud hynny, y caca camel,' gwaedda.

Dw i'n edrych o gwmpas am help. Dyw'r pentref ddim yn bell iawn i ffwrdd a dw i'n gwybod y bydd Yusuf yn hercian fel y gwynt os gofynnaf iddo, ond dw i'n penderfynu peidio. Os daw'r bobl anghywir i achub Bibi a gweld mai merch yw hi, fydd hi bron mewn cymaint o helynt ag y mae hi nawr.

Dim ond un peth sydd i'w wneud.

Dw i'n codi ar fy nhraed ac yn rhoi fy nhroed wrth droed Bibi.

'O'r gorau,' meddaf. 'Llithra dy droed oddi ar y plât metel wrth i mi lithro fy nhroed arno.'

Mae Bibi'n rhythu arnaf. Mae Yusuf yn gegrwth hefyd.

'Wyt ti'n siŵr?' sibryda. 'Os bydd y plât 'na'n codi, fe fydd y cyfan yn ffrwydro.'

Mae calon Yusuf yn y lle iawn, ond mae'n gallu bod yn dipyn o ddyfarnwr weithiau. Does dim gwahaniaeth gen i. Mae yr un oedran â mi, ond mae'n dalach na fi ac mae ganddo flew ar ei goesau'n barod.

'Fe fydda i'n ofalus,' meddaf, gan wneud fy ngorau glas i edrych yn hyderus. 'Dere Bibi, llithra di dy droed i ffwrdd yn araf bach.'

'Ond wedyn fe fyddi di ar y ffrwydryn,' medd Bibi. 'Fe allet ti gael dy chwythu i fyny.'

'Na chaf ddim,' meddaf. 'Mae'n debyg nad yw'r ffrwydryn yn gweithio beth bynnag. Mae llawer o'r ffrwydron tir yma'n ugain mlwydd oed ac wedi hen chwythu eu plwc. On'd ydyn nhw, Yusuf?'

Dydy Yusuf ddim yn dweud dim. Mae'n debyg nad fe yw'r person gorau i ofyn iddo.

Mae Bibi'n syllu ar goes wag trowsus Yusuf.

'Na,' llefa. 'Mae'n rhy beryglus.' Mae hi'n dechrau crio eto.

'Bibi,' meddaf mewn anobaith. 'Os cei di dy chwythu i fyny, fe fydd pobl yn dod i wybod dy fod ti wedi bod yn chwarae pêl-droed. Hyd yn oed os bydda i'n rhwygo'r nodyn.'

Mae Bibi'n ysgwyd ei phen. 'Fe fydd Mam a Dad yn deall,' ateba. 'Maen nhw bob amser yn gwneud pethau na ddylen nhw. Fel yr ysgol, a Dad yn rhoi petrol y fyddin yn ei danc y tro 'na.'

Dw i'n dechrau drysu gan bryder a gallaf weld bod Yusuf yn teimlo'r un fath. Dw i'n gobeithio mai hen ffrwydryn wedi rhydu yw e, ond efallai nad dyna yw e. Mae tad-cu Yusuf yn dweud bod rhai hen ffrwydron yn beryglus dros ben. Mae rhai'n ffrwydro cyn i'r plât metel godi, hyd yn oed.

Rhaid i mi fynd â Bibi o'r fan hon.

'Beth am y llywodraeth?' meddaf wrthi. 'Os bydd y llywodraeth yn dod i wybod bod merch wedi bod yn chwarae pêl-droed, fe fydd Mam a Dad mewn helynt mawr, wyt ti'n cofio?'

Mae Bibi'n meddwl am hyn. Gallaf weld ei bod hi'n gwybod bod hyn yn wir. Ond yn lle symud oddi ar y ffrwydryn, mae hi'n mynd yn grac.

'Dyw hi ddim yn deg,' bloeddia. 'Dw i ddim eisiau cael fy chwythu i fyny a dw i ddim eisiau i tithau gael dy chwythu i fyny chwaith. Dyw hi ddim yn deg.'

Dyw pethau ddim yn dda. Mae hi'n dechrau strancio. Pan fydd Bibi'n strancio mae hi'n curo'i thraed ar y llawr.

Dw i'n cydio yn ei hysgwyddau ac yn rhoi fy wyneb wrth ei hwyneb hi.

'Gwranda,' meddaf. 'Gad i fi sefyll ar y ffrwydryn. Wedyn fe fydd Yusuf yn dy helpu i

fynd adref, a phan fyddi di yn y tŷ, fe ddaw â
rhywun i fy helpu. Fe fyddwn ni i gyd yn iawn.'

'Mae e'n iawn,' medd Yusuf.

Mae Bibi'n rhythu arnaf am amser maith. 'O'r
gorau,' medd hi o'r diwedd. 'Os bydda i'n marw,
gobeithio y byddi di'n marw hefyd.' Wedyn mae
ei llygaid yn llenwi â dagrau ac mae hi'n rhoi ei
breichiau amdanaf. 'Achos taswn i'n marw a
tithau'n dal yn fyw, fe fyddwn i'n gweld dy eisiau
di'n fawr.'

Mae hi'n symud ei throed gan bwyll bach oddi
ar y ffrwydryn, a Yusuf yn dal ei thraed i'w hatal
rhag symud yn rhy gyflym.

Dw innau'n symud fy nhroed gan bwyll bach ar
y ffrwydryn ar yr un pryd.

Ynghanol yr holl dyndra dw i'n anghofio y
dylai Bibi redeg i ffwrdd ar wib. Rydyn ni'n
cydio'n dynn yn ein gilydd wrth aros a gweld beth
sy'n digwydd.

Dim.

Gallaf deimlo sbring y ffrwydryn yn gwthio yn
erbyn gwadnau fy nhraed, ond does dim
ffrwydrad.

'O'r gorau,' meddaf wrth Yusuf. 'Rhedwch fel
cath i gythraul.'

Dyw hynny ddim yn beth call iawn i'w ddweud
wrth fachgen ag un goes, ond dw i'n gwybod nad
oes gwahaniaeth gan Yusuf. Mae'n rhoi ei faglau
yn y naill law ac yn cydio yn Bibi â'r llall.

Mae hi'n dal i gydio ynof, a'i llygaid tywyll yn

syllu'n ffyrnig arnaf. 'Jamal,' medd, 'dw i'n hoffi pêl-droed a dw i'n mynd i ddal ati i chwarae.' Mae'n fy nghofleidio, ac yna'n meddwl am rywbeth. 'Oni bai dy fod ti'n marw, achos wedyn fyddwn i ddim yn teimlo fel chwarae.'

Mae hi'n fy nghofleidio am y tro olaf ac i ffwrdd â hi ar wib gyda Yusuf.

Dw i'n edrych i lawr ar y plât metel o dan fy nhroed.

Dyw e ddim yn edrych yn rhydlyd iawn. Mae'n edrych yn eithaf newydd. Da iawn. Mae ffrwydron newydd yn well. Dyw'r gwifrau lliw ddim wedi pylu a gall yr arbenigwyr difa bomiau weld pa rai i'w torri.

Wrth gwrs, taswn i'n un o ryfelwyr yr anialwch, fe fyddwn i'n rhoi cynnig ar eu torri nhw fy hunan.

Na. Paid â meddwl am hynny, wir. Mae arbenigwyr difa bomiau'n hyfforddi am flynyddoedd, ac yn ymarfer fel nad yw eu dwylo'n crynu. Gwell gadael y cyfan iddyn nhw.

Er bod fy nwylo'n crynu, dw i'n teimlo'n llai nerfus y tu mewn.

Yna dw i'n clywed Bibi'n galw fy enw a dw i'n teimlo'n nerfus eto.

Dw i'n edrych i fyny.

Mae Bibi'n rhedeg tuag ataf, yn llefain y glaw.

'Alla i ddim,' gwaedda. 'Dw i ddim eisiau dy adael di.'

Dw i'n gwylio mewn arswyd wrth iddi daflu ei

breichiau o'm cwmpas a chladdu ei hwyneb yn fy mrest. Dw i'n ceisio plygu fy nghoesau i gymryd yr ergyd fel mae Rooney yn ei wneud pan fydd amddiffynnwr yn rhedeg i mewn iddo, ond mae Bibi'n symud yn rhy gyflym a gyda'n gilydd rydyn ni'n simsanu ac yn gwegian.

Ac yn cwympo.

Oddi ar y ffrwydryn.

Rydyn ni'n cydio yn ein gilydd yn y llwch ac yn gweiddi am amser hir. Wrth sylweddoli ein bod ni'n dal yn fyw, rydyn ni'n ymdawelu.

Rydyn ni'n syllu ar y plât metel.

Dyw e ddim wedi codi.

Dim bang.

Rydyn ni'n codi a dw i erioed wedi teimlo cymaint o bendro neu mor sâl neu benysgafn.

'Y talp drewllyd o berfedd camel,' gwaedda Bibi ar y ffrwydryn. 'Fe hoffwn i dy gicio di'n dwll.'

Wrth i mi gydio yn ei braich a'i llusgo tuag at y pentref, dw i'n dechrau teimlo'n well. Rydyn ni wedi dod drwyddi. Dydyn ni ddim wedi marw. Er nad yw Bibi adre'n ddiogel eto, ac y gallwn i chwydu unrhyw eiliad, mae bywyd yn braf.

5

Rydyn ni'n cropian i'r pentref drwy res o dai sy'n rwbel i gyd, fwy neu lai.

Mae tryc yn gyrru heibio ac rydyn ni'n mynd ar ein cwrcwd, rhag ofn. Elli di byth â bod yn siŵr gyda thryciau. Weithiau dim ond smyglwyr ydyn nhw, ond weithiau, y llywodraeth sydd 'na.

Mae carreg yn bownsio oddi ar gefn y tryc.

'Bibi,' poeraf. 'Paid.'

'Dw i'n casáu tryciau,' chwyrna. 'Tryciau aeth â thad Anisa i ffwrdd a dyw hi ddim wedi'i weld ers hynny.'

Ar ôl i'r tryc fynd, rydyn ni'n helpu Yusuf i godi ar ei faglau eto ac yn brysio i'n tŷ ni.

'Dw i'n casáu'r wlad yma i gyd,' medd Bibi ar ôl ychydig. 'Baw camel yw'r wlad 'ma.'

Dw i'n syfrdan.

Ddylai plant naw oed ddim casáu eu gwlad. Dylen nhw garu eu gwlad a dyheu iddi wneud yn dda yng Nghwpan y Byd ac ennill parch gwledydd eraill fel y byddan nhw'n rhoi'r gorau i'n bomio ni.

Dw i'n gwthio het Yusuf yn is dros glustiau Bibi ac yn tynnu fy siaced yn dynnach o gwmpas ei hysgwyddau ac yn gwneud yn siŵr bod ei sgert yn dal o'r golwg.

'Paid â siarad mor uchel,' sibrydaf. 'Bachgen wyt ti, i fod.'

'Does dim gwahaniaeth gen i os mai gafr dw i i fod,' medd Bibi. 'Mae'r lle 'ma'n boen yn y pen ôl.'

Mae Yusuf yn syfrdan hefyd. Mae bron â chwympo.

Drwy lwc mae'r bobl yn y strydoedd yn rhy brysur i sylwi. Pan fydd rhywun yn bomio eich tŷ o hyd mae digon i'w wneud bob amser.

Rydyn ni'n troi'r cornel i'n stryd ni. Dw i'n edrych yn bryderus tuag at ein tŷ ni.

Mae popeth yn iawn. Mae caeadau ffenest Mam yn dal ynghau, felly mae hi'n dal i gysgu. Dyw tacsi Dad ddim yno. Gallwn ni fynd i'r tŷ heb gael ein dal. Ond dim ond os yw Bibi'n rhoi'r gorau i gwyno cymaint.

'Fe fentra i nad oes ffrwydron tir ym Manceinion,' medd hi'n chwerw.

'Efallai bod e,' sibrydaf wrthi. 'Efallai nad ydyn nhw'n eu dangos nhw ar gêmau pêl-droed y lloeren.'

'Dw i ddim yn meddwl bod ffrwydron tir ym Manceinion,' medd Yusuf, a gwgu. 'Oni bai bod cefnogwyr Lerpwl wedi'u rhoi nhw 'na.'

'Beth bynnag,' meddaf wrth Bibi. 'Fe ddylen ni fod yn ddiolchgar. Mae to ar y tŷ o hyd. Mae Mam a Dad yn dal yn fyw. Mae pob braich a choes gyda ni. O'i gymharu â rhai pobl, rydyn ni'n lwcus dros ben.'

Mae Bibi'n syllu'n gas arna i ac yn edrych yn ymddiheurol ar Yusuf.

'Mae to ar ein tŷ ni o hyd,' medd Yusuf yn ddig.

Mae Bibi'n rhoi ergyd i mi â'i phenelin. 'Da iawn,' medd hi o dan ei gwynt.

'Sori,' meddaf wrth Yusuf. 'Do'n i ddim yn sôn amdanat ti.'

'Popeth yn iawn,' medd Yusuf, a gwneud sŵn rhech o dan ei gesail. Mae ei freichiau'n hynod o gryf, felly mae'n gallu gwneud synau da iawn.

Wrth i ni gropian tuag at y tŷ, dw i'n bownsio'r bêl ar ben Bibi unwaith neu ddwy er mwyn gwneud iddi wrando arnaf.

'Y cyfan dw i'n ei ddweud,' dywedaf wrthi, 'yw y gallai pethau fod yn waeth.'

Wrth i mi fownsio'r bêl y trydydd tro, mae pâr mawr o ddwylo'n cydio yn y bêl.

'Wedi'ch dal chi,' bloeddia llais cynddeiriog.

Mr Nasser sy 'na. Fe yw'r dyn casaf yn ein stryd ni, a'r talaf, ac mae blew dychrynllyd yn tyfu o'i drwyn.

'Rhed,' meddaf wrth Bibi.

Dw innau eisiau rhedeg hefyd, ond alla i ddim gadael Yusuf na'r bêl.

Mae Mr Nasser yn cydio yn ysgwydd Bibi. Mae hi'n ceisio gwingo'n rhydd. Mae het Yusuf yn dechrau llithro oddi ar ei phen. Gallai ei gwallt lithro i lawr unrhyw eiliad a gallai ymyl ei sgert ddod i'r golwg o dan fy siaced.

'Fe dorroch chi fy ffenest i, fechgyn,' gwaedda

Mr Nasser, gan bwyntio at un o'i ffenestri gwaelod. 'Edrychwch, mae hi wedi torri.'

Mae e'n hanner iawn. Mae'r ffenest wedi torri. Ond nid ni sydd ar fai. O'r gorau, efallai nad ydyn ni'n dilyn y gyfraith bob amser, ond fydden ni byth yn chwarae pêl-droed yn y stryd.

'Nid ni oedd e, Mr Nasser, wir i chi,' meddaf.

Gallaf weld nad yw'n ein credu ni. Dyw e ddim hyd yn oed yn gwrando. Ers i'w wraig fynd yn sâl a marw, fydd e byth yn gwrando ar neb.

'Mae Jamal yn chwarae'n rhy dda i dorri ffenest,' medd Yusuf, gan wthio ei hun o flaen Mr Nasser a phwyntio ataf.

Mae'n ceisio tynnu sylw Mr Nasser oddi ar Bibi. Mae hithau'n ceisio cicio Mr Nasser ac mae'r ymdrech yn gwneud i'w gwallt lithro allan o dan yr het.

'Dangos iddo fe, Jamal,' medd Yusuf. 'Dangos iddo fe.'

Dan grynu, dw i'n cymryd y bêl cyn i Mr Nasser sylweddoli beth sy'n digwydd. Dw i'n gollwng y bêl ar fy nhroed, ei tharo i'm pen-glin, ei bownsio ar fy mhen, ei dal â'm troed ac yn dechrau o'r dechrau eto.

Mae Mr Nasser yn syllu'n syfrdan.

Y tu ôl iddo, gallaf weld Yusuf yn ceisio tawelu Bibi a stwffio'i gwallt yn ôl o dan yr het.

Ddylwn i ddim fod wedi edrych. 'Paid byth â thynnu dy lygad oddi ar dy bêl,' dyna fyddai hynafiaid Mam yn dweud petaen nhw yma.

Mae'r bêl yn syrthio oddi ar fy mhen, ond dyw hi ddim yn mynd yn agos at fy nhroed.

Dw i'n rhuthro ati.

Dw i'n cyffwrdd â hi.

Mae'r bêl yn hedfan oddi ar fy nhroed ac i ffenest waelod arall Mr Nasser.

Mae'r gwydr yn torri.

'Fandaliaid!' sgrechia Mr Nasser. 'Troseddwyr! Dw i'n mynd i alw'r heddlu.'

Mae Yusuf yn syllu'n gegrwth arnaf. Mae Bibi'n edrych yn wynnach nag oedd hi pan oedd hi'n sefyll ar y ffrwydryn tir.

'Sori,' meddaf wrthyn nhw i gyd.

'Dw i'n mynd i roi gwybod am hyn,' rhua Mr Nasser. 'I'ch rhieni.'

'Does dim angen,' medd llais.

Dw i'n troi'n sydyn i weld pwy sydd yno.

Mae tacsi Dad wedi stopio ac mae Dad yn dod allan, a golwg ddifrifol arno.

Mae'n codi'r bêl, yn brasgamu atom, yn cydio yn fy nghlust ac yn troi at Mr Nasser.

'Mae'n ddrwg gen i am hyn, Mr Nasser,' medd Dad. 'Fel tad y bachgen hwn, fe gymera i'r cyfrifoldeb yn llawn. Fe dala i am eich ffenestri chi, wrth gwrs. Dw i ddim yn credu bod angen i ni sôn am hyn wrth yr heddlu.'

Mae Dad yn fyrrach na Mr Nasser, ond mae'n llawer iau. Mae ei lygaid yn ddisglair iawn. Mae hynny'n gwneud i bobl feddwl ei fod e'n ffyrnig, ond mae ei lygaid o dan straen ar ôl gyrru'r tacsi gymaint yn y nos.

Mae Mr Nasser yn rhoi cam am 'nôl.

Wedyn mae Dad yn sylwi ar Bibi. Mae'n agor ei geg i ddweud rhywbeth, ond mae'n newid ei feddwl. Mae'n edrych yn bryderus ar Mr Nasser.

'Os wnewch chi adael y, ym, bechgyn eraill yn fy nwylo i,' medd Dad wrth Mr Nasser. 'Fe wnaf i'n siŵr y bydd eu rhieni'n delio â nhw'n gadarn.'

Gallaf weld bod Bibi'n wyllt gacwn. Dw i'n gwybod ei bod hi eisiau dweud wrth Dad mai dim ond un o'r ffenestri dorron ni. Dw i'n ymbil arni i gadw'n dawel.

Mae hi'n gwneud hynny, diolch byth.

Mae Dad yn rhoi'r bêl o dan ei gesail ac yn cydio yng nghlust Yusuf hefyd. Mae'n fy llusgo i a Yusuf i'r tacsi ac yn ein gwthio ni i'r sedd gefn, a'r ffyn baglau hefyd. Mae'n rhoi Bibi yn y sedd flaen nesaf ato.

'Fe gewch chi arian ac ymddiheuriad ysgrifenedig heno, Mr Nasser,' galwa Dad o'r ffenest.

Mae Mr Nasser yn sefyll a rhythu arnom. Dw i'n gallu gweld ei fod yn dal eisiau rhoi gwybod i'r heddlu amdanon ni. Dw i'n gobeithio y bydd yn tawelu wrth feddwl am yr arian.

Mae injan y tacsi wedi tagu, fel mae'n gwneud bob amser. Erbyn i Dad ddechrau'r injan eto, mae Mr Nasser wedi mynd i'w dŷ. Mae Dad yn ein gyrru i lawr y stryd i'n tŷ ni.

'I ffwrdd â ti,' medd wrth Yusuf. 'Nôl adre. Fe gaf i air â dy dad-cu wedyn.'

Mae golwg ddiflas ar Yusuf wrth iddo fynd o'r tacsi. Wrth i mi roi ei ffyn baglau iddo, dw i'n edrych arno'n ddiolchgar er mwyn iddo wybod fy mod yn gwerthfawrogi ei help yn achub Bibi.

Wedyn dw i'n edrych ar Dad.

Dw i'n gobeithio nad yw Dad mor grac ag y mae'n edrych. Dw i'n gobeithio mai dim ond esgus bod yn grac roedd e, er mwyn Mr Nasser. Weithiau, pan nad yw Dad wedi gwylltio go iawn, mae'n rhoi winc i ni gael gwybod hynny.

Dyw pethau ddim yn edrych yn dda.

Dyw Dad ddim yn wincio.

6

Dw i'n sefyll yn ein hystafell fyw, yn aros i Dad weiddi arna i.

Dw i'n gallu ei glywed yn yr ystafell wely'n siarad â Mam. Mae hynny'n rhyfedd, braidd. Fe fyddet ti'n disgwyl iddo weiddi arnaf *i* gyntaf, a dweud wrth Mam wedyn. Efallai ei fod yn gofyn i Mam ei helpu i weiddi arnaf. Athrawes yw hi, felly mae mwy o brofiad o weiddi ganddi.

Mae Bibi'n fy mhwnio ar fy mraich.

'Sori am achosi cymaint o helynt,' sibryda.

Dw i'n rhwbio fy mraich a gwenu'n ddiolchgar arni.

'Popeth yn iawn,' meddaf. 'Fe sgoriaist ti gôl wych. Rwyt ti'n gallu cicio'n well na fi.'

'Fe allet ti wella drwy ymarfer,' medd hi.

Dw i'n penderfynu peidio â'i goglais am fod mor haerllug. 'Diolch,' meddaf. Efallai ei bod hi'n iawn. Efallai mai dyna sut mae pobyddion yn dod yn rhyfelwyr yr anialwch. Drwy ymarfer.

Mae Bibi'n fy mhwnio eto ar fy mraich.

'Mae'n rhaid i ni ddweud wrth Mam a Dad mai dim ond un ffenest dorron ni,' poera, a'i llygaid yn disgleirio'n ffyrnig. Wedyn mae'n gwgu. 'Mae'n debyg na fyddan nhw'n ein credu ni.

Ddim nawr, a ninnau wedi torri'r gyfraith a finnau'n chwarae pêl-droed.'

'Efallai eu bod nhw'n hoffi'r syniad,' meddaf, gan amneidio at yr ystafell wely. 'Efallai eu bod nhw'n falch dy fod ti wedi bod yn cael ymarfer corff.'

Mae'n rhaid gobeithio.

Dyw Bibi ddim yn edrych yn obeithiol o gwbl.

Wedyn mae Mam a Dad yn dod o'u hystafell a dw innau ddim yn teimlo'n obeithiol mwyach, chwaith. Mae wyneb Dad yn welw a difrifol. Mae llygaid Mam yn goch a'i gwefusau'n denau gan straen.

Dw i'n paratoi i glywed y gweiddi.

Ond dyw hynny ddim yn digwydd. Yn lle hynny, mae Mam a Dad yn rhoi eu breichiau amdanaf i a Bibi. Maen nhw'n ein gwasgu ni'n dynn. Alla i ddim credu'r peth. Cwtsh teuluol. Rhaid eu bod nhw'n falch bod Bibi'n cael ymarfer corff. Byddant wrth eu bodd pan ddwedaf wrthyn nhw pa mor dda mae hi'n cicio.

'Jamal a Bibi,' medd Mam yn dawel. 'Ry'ch chi'n gwybod ein bod ni'n eich caru chi'n fawr iawn.'

'Ydw,' meddaf, yn llawn hapusrwydd a rhyddhad.

'Ydw,' medd Bibi. Mae hi'n swnio fel petai'n teimlo hapusrwydd a rhyddhad hefyd.

'Does dim gwahaniaeth beth sy'n digwydd,'

medd Mam, 'chi'ch dau yw'r pethau mwyaf gwerthfawr yn ein bywydau ni.'

'Dw i'n gwybod,' meddaf yn dawel. Mae hyn yn wir. Bu farw rhieni Mam a Dad yn y rhyfel, a brodyr Dad. Dim ond y pedwar ohonon ni sydd ar ôl.

Mae Mam yn llefain. Dw i'n gallu teimlo'i dagrau ar fy mhen. Dw i ddim yn deall. Dw i'n eithaf siŵr nad yw hi'n llefain o achos y ffenest a dorrodd. Rhaid ei bod hi'n meddwl am ein perthnasau marw, druain â nhw. Wrth feddwl amdanyn nhw, mae fy llygaid innau'n dechrau llenwi hefyd. Ddim â dagrau poenus, y math arall. Dw i mor ddiolchgar bod y pedwar ohonon ni yma gyda'n gilydd, yn ddiogel.

Mae Dad yn mynd yn ei gwrcwd ac yn edrych arna i a Bibi. Dw i erioed wedi gweld golwg mor ddifrifol ar ei wyneb.

'Mae'n rhaid i ni adael y tŷ yma,' medd ef.

Dw i'n rhythu arno, wedi fy syfrdanu.

'Beth?' meddaf.

Mae Dad yn cnoi'i wefus ac yn edrych fel nad yw'n gallu credu'r peth chwaith. Wedyn mae'n gwasgu'i ddannedd at ei gilydd ac yn siarad eto.

'Rhaid i ni fynd o'r tŷ,' medd Dad. 'Heno. A fyddwn ni byth yn gallu dod 'nôl.'

Dw i'n teimlo fel petai ffrwydryn tir wedi ffrwydro wrth fy mhen. Dyw fy ymennydd ddim yn gallu deall y geiriau.

Wedyn dw i'n sylweddoli beth sydd wedi digwydd.

'Dyw pethau ddim cynddrwg â hynny,' meddaf yn fy nghyfer. 'Mae'n debyg na fydd Mr Nasser yn mynd at yr heddlu. A welodd neb Bibi'n chwarae pêl-droed, wir i chi. Does dim rhaid i ni adael.'

'A ffrwydrodd y ffrwydryn tir ddim, hyd yn oed,' medd Bibi.

Mae Mam yn syllu arni. Dw i'n gallu gweld bod Mam yn ei chael hi'n anodd deall popeth hefyd. Mae'n rhoi ochenaid fawr ac mae'n beichio crio'r un pryd.

'Nid dyna sy'n bod,' medd Mam. 'Dyw e ddim byd i'w wneud â hynny.'

'Felly pam mae'n rhaid i ni adael?' meddaf i'n wyllt. 'Ai achos goleuadau'r brêc ar y tacsi?'

Dyw hi ddim yn deg. Ddylai'r llywodraeth ddim erlid person oherwydd nad yw goleuadau'r brêc yn gweithio dros dro.

'Nid goleuadau'r brêc yw'r broblem,' medd Dad yn dawel. 'Mae'n rhywbeth llawer mwy difrifol na hynny.'

Ro'n i'n gwybod. Petrol y fyddin brynodd Dad oddi wrth y gyrrwr tacsi arall yna. Er mwyn popeth, dim ond unwaith ddigwyddodd e. Roedd Dad mewn twll. Allwch chi ddim bod yn yrrwr tacsi heb betrol. Mae teithwyr yn mynd yn gas pan fydd Dad yn dechrau'r mesurydd ac yna'n gofyn iddyn nhw fynd allan o'r car i'w helpu i wthio'r tacsi.

Mae Mam yn tynnu anadl ddofn ac yn sychu'i llygaid a dw i'n gweld bod llwch sialc ar ei boch.

'Yr ysgol yw e,' medd hi'n dawel. 'Mae'r llywodraeth wedi dod i wybod am ein hysgol ni.'

Yn sydyn mae'r cyfan yn fy nharo. Dw i'n edrych o gwmpas yr ystafell fyw. Mae holl bethau'r ysgol wedi mynd. Fel arfer mae ein hystafell fyw yn ysgol ag adnoddau i wyth o blant. Bwrdd du. Matiau llawr. Llyfrau. Brwsys paent rydyn ni bob amser yn ymladd drostynt achos mai dim ond tri ohonyn nhw sydd.

Mae popeth wedi mynd.

'Sut daeth y llywodraeth i wybod?' gofynnaf, a'm llais yn crynu mewn arswyd. Ond dw i'n gwybod yn barod. Cludiant ysgol. Er mwyn gwneud yn siŵr nad oes neb yn gweld y merched eraill yn y dosbarth yn cerdded i'r ysgol, rhaid eu cludo nhw'n gyfrinachol. Rhaid bod rhywun wedi gweld Dad yn codi Anisa a Fatima o'u tai. Neu'n mynd â nhw'n ôl yn y prynhawn. Mae wedi bod yn beryglus iawn i Dad wneud hynny bob dydd, er bod Anisa a Fatima bob amser yn teithio yng nghist y tacsi.

Mae Mam yn syllu ar y gwagle ar y wal lle roedd ei hannwyl fwrdd du'n arfer bod. Nawr dw i'n deall pam mae hi'n llefain.

Mae Dad yn rhoi'i freichiau amdanaf i a Bibi eto. Dw i'n gallu teimlo ei fod e'n crynu.

'Wyddom ni ddim sut daeth y llywodraeth i wybod,' medd ef. 'Y cyfan wyddom ni yw eu bod nhw wedi clywed. Fe ges i wybod awr yn ôl gan rywun dw i'n gallu ymddiried ynddo. Mae'n rhy beryglus i ni aros. Rhaid i ni bacio popeth a gadael yn syth.'

7

Dw i'n teimlo mor wyllt fel y gallwn i bwnio tanc.

Dw i ddim yn gwneud hynny achos does dim tanc yn ein hystafell fyw. A dw i'n dioddef gormod o sioc i bwnio dim byd.

Mae Dad yn yr ystafell arall, yn rholio'r matiau gweddi ac yn eu pacio i fag. Mae Mam yn tynnu llun a beintiais yn y dosbarth oddi ar y wal.

Mae hyn yn anghredadwy.

Allwn ni ddim gadael ein cartref fel hyn.

Dim ond wythnos diwethaf y gorffennodd Dad adnewyddu'r briciau mwd a oedd wedi cracio yn fy ystafell. Dywedodd y gallwn i gael leino ar y llawr os bydda i'n dda.

Dw i ddim eisiau mynd.

Na Bibi chwaith.

'Os bydd y llywodraeth baw camel 'na'n dod fan hyn,' medd hi'n gas, 'fe gân nhw lond wyneb o gerrig.'

Mae hi'n cicio wal yr ystafell fyw. Mae Mam yn cydio ynddi ac yn ei dal yn dynn. Mae ysgwyddau Bibi'n mynd i lawr ac mae ei chorff i gyd yn dechrau crynu.

'Mam,' llefa'n dawel mewn llais bychan, bach. 'Mae ofn arna i.'

Dw i'n gwybod sut mae hi'n teimlo.

Dw i'n gweld nad yw Mam eisiau gwneud dim ond cofleidio Bibi am oriau, ond yn lle hynny mae hi'n mynd i gwpwrdd y ganhwyllbren. Mae hi'n nôl y ganhwyllbren ac yn tynnu'r hen garthen oddi amdani. Er bod yr ystafell yn dywyll a hithau'n nosi, a'r ganhwyllbren ychydig yn frwnt a lludw a chwyr drosti, mae hi'n disgleirio yn ei dwylo. Yn enwedig y cerrig gwerthfawr.

Mae Mam yn troi ataf i a Bibi.

'Fe fydd hon yn ein cadw ni'n ddiogel,' medd hi.

Mae Bibi'n rhoi'r gorau i lefain. Mae'r ganhwyllbren hon wedi bod yn nheulu Mam am ganrifoedd. Roedd ei hynafiaid yn arfer llosgi cannwyll cyn mynd i'r frwydr. Mae Mam wedi dweud wrthym bob amser, cyhyd ag y mae'r gannwyll gyda ni, fe fyddwn ni'n ddiogel. Ac mae hynny'n wir. Mae Mam wedi llosgi canhwyllau drwy gyrchoedd awyr hir dros ben a dydyn ni erioed wedi cael unrhyw niwed, heblaw am y tacsi.

Trueni na fyddai hi'n llosgi cannwyll nawr fel na fyddai'n rhaid i ni adael.

Mae Mam yn sychu llygaid a thrwyn Bibi'n dyner â'i llawes. Dyna un o'r pethau gwych am Mam. Mae hi'n fodlon sychu popeth, hyd yn oed pan fydd rhywun arall wedi glafoerio.

'Jamal,' medd Mam. 'Cer i dy ystafell, tyn dy lenni i lawr a'u clymu nhw'n fag i'w gario ar dy gefn. Pacia dy ddillad ynddo ac unrhyw beth arall aiff i mewn.'

Dw i'n syllu arni, yn gweddïo y bydd yn newid ei meddwl ac y cawn ni aros.

'Nawr,' medd hi.

Dyna'r llais y bydd hi'n ei ddefnyddio yn y dosbarth pan fyddaf yn breuddwydio am bêl-droed neu pan fydd Bibi'n colli ar ei hun mewn dadl. Ond nid ni yw'r rhai sy'n colli arnom ein hunain nawr. Nhw sydd. Mae Dad yn eu hystafell, yn stwffio dillad i fag. Mae Mam yn mynd i ystafell Bibi er mwyn i Bibi ddechrau pacio.

Dw i'n mynd i'm hystafell, ond mae fy mreichiau'n rhy drwm i mi godi'r llenni. Yn lle hynny, dw i'n syllu'n drist ar y pethau nad ydyn nhw'n ffitio mewn bag. Y tanciau wnes i o gasys bomiau llaw. Yr asgwrn gwyn mae Yusuf yn meddwl mai asgwrn coes peilot awyren rhyfel yw e, ar ôl iddo gael damwain yn yr anialwch a chael ei fwyta gan sgorpionau. Y peli droed cardfwrdd, y rhai wnes i cyn i Dad brynu pêl droed newydd i mi.

Ar ôl ychydig, dw i'n clywed Dad yn dod o'i ystafell ac yn mynd i lawr i'r seler.

Dw i'n ei ddilyn.

Hanner ffordd i lawr y grisiau dw i'n aros.

Yng ngolau gwan y gannwyll dw i'n gallu gweld Dad yn sefyll wrth ei ffwrn. Y ffwrn oedd yn perthyn i'w dad a'i dad-cu hefyd.

Mae Dad yn dwlu ar y ffwrn 'na. Dyna pam

48

mae'n codi am 3 o'r gloch bob bore ac yn pobi bara er nad oes ganddo siop fara ac mae'n rhaid iddo werthu'r torthau yn y tacsi.

Mae Dad yn rhoi'i law yn ysgafn dros y briciau cynnes. Alla i ddim clywed beth mae'n ei ddweud, ond dw i'n gallu gweld yr olwg drist ar ei wyneb a dw i'n sylweddoli ei fod yn ffarwelio â'i ffwrn.

Yna, dw i'n gweld bod Mam i lawr yma hefyd. Mae rhaw ganddi ac mae hi'n palu twll yn llawr pridd y seler. Mae matiau a llyfrau a brwsys paent yr ysgol yn bentwr wrth y twll. A'r bwrdd du'n ddarnau.

Mae Mam yn claddu ein hysgol ni.

Mae fy llygaid yn llenwi â dagrau wrth weld hynny. Y tro yma, dagrau poenus ydyn nhw. Mae golwg mor ddiflas ar Mam a Dad.

Does dim un ohonom eisiau gadael.

Dw i'n gweld rhywbeth ar lawr y seler nesaf at y pentwr o bethau ysgol. Fy llun i ydy e, yr un dynnodd Mam oddi ar wal yr ystafell fyw, y llun ohonof yn sgorio gôl yn rownd derfynol Cwpan y Byd.

Dw i'n mynd i lawr y grisiau ac yn ei godi ac yn syllu arno yn y tywyllwch. Yn y llun dw i ddim yn edrych fel pobydd, dw i'n edrych fel un o ryfelwyr yr anialwch.

Dw i'n sychu fy nagrau.

Yn sydyn dw i'n benderfynol.

Yn benderfynol o ddod o hyd i ffordd i ni gael aros.

8

'Dros ben llestri,' mae tad-cu Yusuf yn chwerthin. 'Maen nhw'n dweud ei fod e wedi mynd dros ben llestri.'

Dw i'n rhythu ar y teledu, wedi drysu. Dw i wedi bod yn gwylio'r gêm, ond dw i ddim wir wedi bod yn meddwl amdani. Dw i wedi bod yn ceisio meddwl am gynllun fel na fydd rhaid i ni adael cartref.

Ar y sgrin, mae'r dyfarnwr yn anfon chwaraewr Lerpwl o'r cae am roi cic i ben gôl-geidwad Chelsea. Mae'r dyfarnwr yn gweiddi'n gas arno ac yn dangos cerdyn coch iddo. Mae'r dyrfa'n bwio. Mae'r sylwebwyr yn siarad yn gyffrous.

Roedd hi'n edrych fel damwain i mi. Roedd saethwr Lerpwl yn ceisio gwneud cic siswrn ryfeddol ac aeth pen gôl-geidwad Chelsea druan yn y ffordd.

'Dros ben llestri,' mae tad-cu Yusuf yn chwerthin, a'i farf hir yn siglo wrth iddo fwynhau'r doniolwch.

Trueni na fyddai'n chwerthin ychydig yn dawelach. Mae Bibi'n cysgu. Os bydd hi'n deffro a gweld nad yw Mam a Dad yma, gallai ddychryn, er mai dim ond wedi mynd i rybuddio rhieni'r plant eraill yn yr ysgol maen nhw. Mae seler tad-cu Yusuf yn lle eithaf brawychus i blentyn bach. Yn enwedig y llieiniau golchi llestri o Lundain â lluniau'r Simpsons arnyn nhw dros y waliau i gyd. Yn Afghanistan, os yw croen person yn troi'n felyn, mae'n golygu eu bod nhw'n siŵr o farw.

Dw i'n edrych draw ar Bibi. Drwy lwc mae hi'n dal i gysgu. Ac mae Yusuf wedi mynd i gysgu ar y fatras nesaf ati.

'Pam maen nhw'n dweud bod chwaraewr Lerpwl wedi mynd dros ben llestri?' gofynnaf i dad-cu Yusuf. 'Does dim llestri yno. Maes pêl-droed yw e.'

'O,' mae tad-cu Yusuf yn chwerthin. 'Rwyt ti'n holi cwestiynau anodd.'

Dyna'r broblem wrth wylio pêl-droed ar deledu lloeren anghyfreithlon tad-cu Yusuf. Dw i ddim yn deall beth mae'r sylwebwyr yn ei ddweud. Drwy lwc mae tad-cu Yusuf yn deall achos bu'n byw yn Lloegr ar un adeg.

'Wel,' medd tad-cu Yusuf, 'mae mynd dros ben llestri hefyd yn golygu gwneud rhywbeth sy'n fentrus, yn wyllt, yn beryglus a dewr.'

Dw i ddim yn hollol siŵr beth mae'n ei feddwl.

'Er enghraifft,' medd ef, gan weld fy mod yn gwgu. 'Os yw llygoden yr anialwch yn piso ar wifrau trydan dryll saethu awyrennau, gan obeithio y bydd yn tanio ac yn saethu awyren i lawr er mwyn iddi hi gael gweld a oes unrhyw gaws ym mlwch cinio'r peilot, mae hynny'n mynd dros ben llestri.'

Dw i'n deall nawr. Mae fy nghalon yn curo'n gynt. Dw i'n syllu ar y sgrin.

'Wyt ti eisiau i mi fynd â Yusuf i fyny i'w wely ei hun?' gofynna tad-cu Yusuf. 'Er mwyn i ti gael y fatras?'

'Dim diolch,' meddaf. 'Dw i ddim wedi blino. Fe wylia' i ragor o deledu os caf i.'

Mae gen i ormod i feddwl amdano i fynd i gysgu. Dwyt ti ddim yn teimlo fel cysgu pan wyt ti newydd benderfynu mynd dros ben llestri.

'Popeth yn iawn,' medd tad-cu Yusuf. 'Fe wylia i'r gêm gyda ti. Tan i dy rieni ddod 'nôl.'

Y gêm nesaf yw Charlton Athletic yn ymladd am eu bywydau. Os byddant yn colli'r gêm hon yn erbyn Manchester United, byddant yn cwympo o'r Brif Gynghrair a bydd eu bywydau'n llawn cywilydd, poen a galar.

Wrth iddyn nhw chwarae eu gorau glas, dw i'n dal ati i geisio meddwl am gynllun.

Hoffwn allu mynd i'r ddinas a chodi'r llywodraeth o'r gwely a dweud wrthyn nhw beth maen nhw'n ei wneud i'n teulu ni. Dweud eu bod wedi gwneud i Mam lefain. Dweud eu bod wedi fy rhwystro rhag cael leino ar y llawr. Ond alla i ddim. Dw i ddim hyd yn oed yn gwybod ble mae'r llywodraeth yn byw.

Mae Manchester United yn chwarae'n wych fel arfer ac mae Charlton yn brwydro'n ddewr. Yn

ddewr iawn. Nhw sy'n sgorio'r gôl gyntaf. Mae
eu cefnogwyr yn bloeddio. A dim ond yn y
stadiwm mae hynny. Dw i'n gwybod bod
cefnogwyr eraill Charlton dros y byd i gyd yn
gwylio'r teledu ac yn codi llais ac yn llefain ac yn
cofleidio'i gilydd. Yr eiliad hon, byddent yn
gwneud unrhyw beth i'w rhyfelwyr dewr o
Charlton.

Yn sydyn mae'n fy nharo.

Cynllun.

Yr un mor sydyn, mae'r llun ar y teledu'n mynd
yn rhyfedd. Mae'r llywodraeth wedi gwahardd
teledu, felly mae tad-cu Yusuf wedi gosod ei
ddysgl lloeren anghyfreithlon ar hen dŵr cyfathrebu
milwrol ar gyrion y pentref lle na fydd neb yn
sylwi arni. Ond y drafferth yw, mae'r llun yn
mynd yn rhyfedd bob tro mae storm dywod neu
pan fydd awyren yn hedfan heibio neu pan fydd
siacal yn ei grafu ei hun yn yr anialwch.

Heno does dim gwahaniaeth gen i achos mae fy
ymennydd eisoes yn mynd dros ben llestri.

'Os dof i'n bêl-droediwr da,' meddaf wrth dad-
cu Yusuf, 'ydych chi'n meddwl y bydd y
llywodraeth yn maddau i Mam a Dad?'

Mae tad-cu Yusuf yn edrych arnaf. Dw i'n gallu
gweld nad yw e'n siŵr am beth dw i'n siarad.

'Os yw person yn dod yn bêl-droediwr da,'
meddaf, 'mor dda fel ei fod yn ysbrydoli'r
llywodraeth i ddechrau tîm cenedlaethol, mor dda
fel ei fod yn eu helpu i wneud yn arbennig o dda

yng Nghwpan y Byd, ydych chi'n meddwl y byddai'r llywodraeth yn maddau i rieni'r person hwnnw, hyd yn oed os oedd rhieni'r person wedi bod yn rhedeg ysgol anghyfreithlon?'

Mae tad-cu Yusuf yn syllu arnaf am amser hir.

'Fyddai dim gwahaniaeth petaen nhw'n dal i fod ychydig bach yn grac,' meddaf ar ôl tipyn, 'ond iddyn nhw adael i'r teulu fyw yn eu pentref eu hunain heb eu bwlio nhw.'

Mae tad-cu Yusuf yn ymestyn draw ac yn cydio yn fy ysgwydd. Dyw e erioed wedi gwneud hynny o'r blaen.

'Jamal,' medd ef, a'i lais braidd yn floesg. 'Rwyt ti'n fachgen da. Ond mae pethau'n anodd iawn i ni. Dyw llawer o bobl yn y wlad hon ddim yn hoffi ein pobl ni. Mae hyn wedi bod yn digwydd ers cannoedd o flynyddoedd.

Dw i'n dangos fy mod i'n cytuno. Dysgon ni hyn gan Mam yn yr ysgol. Mae tad-cu Yusuf yn gwybod llawer o ystyried mai'r unig sianel mae ei deledu'n ei chodi yw'r sianel chwaraeon.

'Mae gennym ni lawer o broblemau,' medd tad-cu Yusuf. 'Fe ddechreuon nhw ymhell cyn dydd y llywodraeth hon.'

Mae deigryn yn treiglo ar hyd ei foch ac i'w farf.

Dw i'n syllu arno ac yn sydyn dw i'n sylweddoli pa mor bwysig yw fy nghynllun. Os gallaf ddod yn seren tîm pêl-droed cenedlaethol Afghanistan, efallai bydd hynny'n ein gwneud ni i gyd yn fwy poblogaidd, nid dim ond fi a Mam a Dad a Bibi. Efallai na fydd unrhyw un ohonom yn cael ein bygwth neu ein bwlio neu ein lladd fyth eto, ddim gan y llywodraeth na neb arall.

Mae'n gynllun da iawn.

Cynllun arbennig o dda.

Ond mae angen ymarfer arnaf er mwyn rhoi'r cynllun ar waith.

9

Dyma'r ffordd berffaith o gael ymarfer pêl-droed ychwanegol.

Aros tan y bydd pawb arall yn y tŷ'n cysgu, wedyn sleifio allan a driblo i lawr canol y stryd fel dw i'n ei wneud nawr.

Mae'r cymdogion i gyd yn cysgu hefyd felly fydd neb yn dy arestio a'th garcharu. Ond i ti beidio â gwneud gormod o sŵn. Ti'n gwybod, cymeradwyo dy sgiliau pêl dy hun neu ddisgrifio dy waith ar y bêl â llais uchel sylwebydd.

Dw i ddim yn gwneud hynny.

Sgiliau tawel, dyna dw i'n eu gwneud.

Oddi ar y droed, i'r pen-glin, i'r pen, yn ôl i'r droed.

Mae hefyd yn ffordd arbennig o dda i berson sy'n methu cysgu gymryd ei feddwl oddi ar y pethau y mae'n poeni amdanyn nhw. Fel pam nad yw Mam a Dad wedi dod nôl eto. Allan fan hyn fe allai weld a ydyn nhw mewn perygl ai peidio. Mae golau'r lleuad bron mor ddisglair â stadiwm Manchester United â'r llifoleuadau ynghyn.

Troed, pen-glin, pen, troed.

Helo Syr Alex Ferguson, rheolwr Manchester United, welais i mohonoch chi fan'na. Lle yn nhîm ieuenctid Manchester United? Fe fyddwn i wrth fy modd. Diolch yn fawr iawn. Rydych chi'n iawn, Syr Alex, byddai hynny'n codi tipyn o embaras ar y llywodraeth ar ôl iddyn nhw geisio erlid ein teulu ni.

'Jamal, beth wyt ti'n wneud?'

Llais, yn sibrwd yn gas arna i o'r cysgodion.

Dw i'n rhewi, mae fy nghoesau'n crynu a'm perfedd yn gwlwm i gyd. Dw i'n syllu i'r tywyllwch.

'Rwyt ti'n chwarae pêl-droed yn y stryd,' sibryda'r llais yn gas eto.

Daw ton o ryddhad drosta i. 'Mam?' sibrydaf. 'Dad?'

Ond nid Mam neu Dad sydd yno. Bibi sydd yno. Mae'n dod tuag ataf, a'i llygaid yn grwn fel llifoleuadau stadiwm.

'Paid â chodi dy lais,' sibrydaf.

Mae hi'n ufuddhau. 'Fe welais i ti'n cropian allan o'r seler,' medd hi'n gyhuddgar.

Dw i'n ochneidio. Dyna'n union ro'n i'n gobeithio na fyddai'n digwydd. Dyna pam na fentrais agor fy mag a gwneud sŵn wrth nôl fy mhêl. Dyna pam benthyciais i bêl Yusuf.

'Pêl Yusuf yw honna,' medd Bibi, hyd yn oed yn fwy cyhuddgar.

'Dw i'n gwybod,' meddaf, gan feddwl tybed sut gallaf ei chael hi'n ôl i'r seler heb ddeffro'r cymdogion.

'Ble mae Mam a Dad?' mynna. Mae ei llygaid yn disgleirio'n beryglus sy'n golygu naill ai dagrau neu ymosodiad.

Dw i'n egluro bod Mam a Dad wedi mynd i rybuddio rhieni plant eraill yr ysgol.

'Fe fyddan nhw'n saff,' meddaf. 'Maen nhw wedi gwisgo'n wahanol. Fe gawson nhw fenthyg gwisgoedd gan dad-cu Yusuf.'

Dyw hyn ddim yn wir, ond dw i'n gallu gweld bod Bibi'n teimlo'n well, ac mewn ffordd ryfedd dw innau'n teimlo'n well hefyd.

'Dw i eisiau chwarae,' medd Bibi.

Cyn i mi allu ei rhwystro, mae'n cicio'r bêl oddi wrth fy nhroed. Dw i'n mynd amdani, ond mae hi'n ochrgamu'r dacl ac yn llywio'r bêl i lawr y stryd. Mae'n troi ac yn driblo'n ôl tuag ataf.

'Dere,' medd hi. 'Dere i gael y bêl oddi wrtha i.'

Dw i'n taclo mor gyflym ag y gallaf, ond mae hi'n rhoi cic sydyn i'r bêl dros fy mhigwrn, yn rhedeg o'm cwmpas ac yn dal y bêl o dan ei throed.

Dw i'n rhythu arni, yn hanner dig ac yn hanner gwenu. Mae hyn yn anhygoel. Mae fy chwaer yn bêl-droediwr naturiol.

Mae syniad rhyfeddol yn fy nharo. Gallwn wneud hyn gyda'n gilydd. Gallwn wella ein sgiliau a chreu argraff ar y llywodraeth a dechrau tîm cenedlaethol ac ennill calonnau pob un yn Afghanistan gyda'i gilydd. Pan fydd y llywodraeth yn gweld pa mor dalentog yw Bibi, byddant yn newid eu meddwl am ferched yn chwarae pêl-droed. Bydd rhaid iddyn nhw.

'Cic gosb,' medd Bibi, a'i llygaid yn pefrio. Mae hi'n camu 'nôl, yn codi gwaelod ei sgert, yn rhedeg at y bêl ac yn ei chicio.

Yn galed.

Mae'r bêl yn hedfan i fyny'r stryd. Am eiliad ofnadwy dw i'n meddwl ei bod hi'n mynd i dorri'r unig ffenest sydd gan Mr Nasser heb ei thorri. Ond mae hi'n gwyro draw o'i dŷ ef ac yn hwylio'r holl ffordd i fyny'r stryd.

Ac yn taro'n galed ar ddrws ein tŷ ni.

Dyna'r gic fwyaf anhygoel i mi ei gweld erioed.

'Waw,' sibrydaf.

Wedyn dyma ein tŷ ni'n ffrwydro.

Mae fflach wen yn goleuo'r pentref i gyd, a hanner yr anialwch hefyd. Mae rhu o wynt yn ein taro ac yn ein bwrw i'r llawr. Dw i'n rholio ar ben Bibi ac yn ceisio gorchuddio cymaint ohoni ag y gallaf â'm corff wrth i'r awyr ruthro atom ac wrth i'r cerrig ddisgyn fel glaw arnom. Mae pobl yn sgrechian ac yn rhedeg o'u tai.

'Cer oddi arna i,' gwaedda Bibi. 'Rwyt ti'n gwasgu fy mhen.'

Dw i'n rholio drosodd ac yn syllu i lawr y stryd drwy'r llwch.

Mae ein tŷ ni wedi mynd. Dim ond bwlch tywyll sydd rhwng y tai eraill lle roedd y tŷ'n arfer bod. Mae rwbel lle roedd Dad yn arfer parcio'r tacsi.

Dw i'n syllu, yn syfrdan, a'm clustiau'n canu, yn ceisio deall beth sydd wedi digwydd.

Mae fy ngheg ar agor ac yn llawn graean.

Roedd hi'n gic galed, ond doedd hi ddim mor galed â hynny.

Wedyn dw i'n clywed sŵn injans yn tanio. Mae dau dryc yn gyrru i ffwrdd fel y gwynt i lawr y stryd gefn.

Mae rhywun yn fy nhynnu i a Bibi ar ein traed. Dad yw e. Mae ei lygaid yn fawr ac mae'n anadlu'n drwm ac yn syllu ar y tryciau hefyd.

'Moch,' medd yn gas o dan ei anadl.

Fydd Dad bron byth yn defnyddio iaith fras fel 'na. Yn wahanol i'r rhan fwyaf o yrwyr tacsi eraill, fydd e byth yn rhegi ar yrwyr eraill. Dim ond am un peth fydd yn rhegi. Dyna sut dw i'n sylweddoli beth sydd wedi digwydd.

Mae'r llywodraeth wedi chwythu ein tŷ ni i fyny.

10

Mae Dad yn fy nghario i a Bibi i lawr y grisiau i seler tad-cu Yusuf. Mae syniad arswydus yn pigo fy ymennydd cwsg.

'Ble mae Mam?' gofynnaf.

Naill ai mae'r bom wedi effeithio ar fy llais neu mae Dad yn esgus peidio â chlywed. Mae'n ein rhoi ni ar y llawr ac yn rhuthro o gwmpas y seler, gan gydio yn ein bagiau.

'Dad,' mynna Bibi, a'i llygaid yn wyllt a llinellau o lwch dros ei hwyneb. 'Ble mae Mam?'

Mae Dad yn aros ac yn tynnu anadl ddofn. Mae'n penlinio wrth ein hochr ac yn rhoi ei fys dros wefus Bibi.

'Mae popeth yn iawn,' medd yn dawel. 'Mae Mam eisiau i ni fynd i'r ddinas. Fe fydd hi'n cwrdd â ni yno yfory.'

Dyma ni'n dau'n rhythu arno.

Y ddinas? Yfory?

'Pam?' medd Bibi, a'i llais yn crynu gan arswyd. 'Beth mae hi'n wneud?'

Mae Dad yn tynnu anadl ddofn arall. Mae e'n edrych fel petai eisiau meddwl beth i'w ddweud nesaf.

Dw i'n dechrau teimlo cymaint o ofn â Bibi.

'Mae Mam eisiau i mi fynd â chi i rywle diogel,' medd Dad. 'Rydyn ni'n mynd i rywle yn y ddinas, ac fe welwn ni Mam yno yfory. Fe fydd hi'n iawn. Credwch fi.'

Dw i yn ei gredu fe. Fy nhad yw e. Fydd e byth yn dweud celwydd oni bai ei fod eisiau amddiffyn pobl.

'Os nad yw Mam yn iawn,' medd Bibi mewn llais ffyrnig sigledig, 'Fe fydda i'n hynod, hynod o grac.'

Mae Dad yn ein cofleidio ac yn edrych i fyny grisiau'r seler.

'Yusuf,' galwa. 'Beth sy'n digwydd y tu allan?'

Mae ffyn baglau Yusuf yn ymddangos ar ben y grisiau. Wedyn ei ben.

'Mae pawb yn dal yno,' medd Yusuf. 'Mae'r stryd dan ei sang.'

Dw i'n gallu eu clywed nhw. Mae pobl o'r pentref i gyd yn siarad am y ffrwydrad ac yn meddwl ble rydyn ni. Mae rhai pobl yn gweiddi eu bod nhw wedi dod o hyd i ddarnau ohonom.

Mae dychymyg byw iawn gan bobl y pentref yma.

Mae tad-cu Yusuf yn rhuthro i lawr y grisiau.

'Dyw'r tacsi ddim wedi cael difrod,' medd ef. 'A does neb wedi dod o hyd iddo fe yn y lôn eto.'

Mae golwg o ryddhad ar Dad. Wel, nid golwg o ryddhad yn union, ond golwg lai difrifol. 'O'r gorau,' medd ef. 'Mae'n bryd i ni fynd.'

Wrth ddrws y cefn, mae Dad yn cofleidio tad-cu Yusuf.

'Diolch,' medd Dad.

'Boed i Dduw eich amddiffyn chi i gyd,' medd tad-cu Yusuf.

Mae golwg bryderus ar Bibi. Dw i'n gallu gweld ei bod hi'n meddwl nad yw pobl yn dweud 'Boed i Dduw eich amddiffyn chi' wrth bobl sy'n mynd i le diogel. Dw i ar fin sibrwd wrthi mai dim ond dywediad yw e, yna dw i'n cofio bod rhywbeth arall y mae'n rhaid i mi ei wneud.

Dw i'n troi at Yusuf. Dyma'r eiliad dw i wedi bod yn arswydo rhagddi, ond mae'n rhaid i mi wneud hyn. Dw i'n estyn fy mhêl-droed iddo.

'Ti biau hon nawr,' meddaf.

Mae Yusuf yn ysgwyd ei ben.

'Ie,' meddaf. 'Fe gymerais dy bêl di ac fe gafodd hi ei chwythu i fyny. Mae hyn yn ddigon teg.'

Mae Yusuf yn ysgwyd ei ben eto. 'Fe fydd ei hangen hi arnoch chi lle rydych chi'n mynd,' medd ef.

'Ar ôl yfory dydyn ni ddim yn gwybod ble rydyn ni'n mynd,' medd Bibi.

'Dyna pam bydd ei hangen hi arnoch chi,' medd Yusuf.

Dw i'n ei gofleidio. Dw i erioed wedi gwneud hyn o'r blaen i neb ond fy chwaer, ond dyna'r unig ffordd dw i'n gallu dweud diolch. Os byddaf yn ceisio siarad, byddaf yn crio.

'Fe fydda i'n gweld eich eisiau chi,' medd Yusuf.

Dw i'n nodio er mwyn iddo weld y bydda i'n gweld ei eisiau lawn cymaint.

'Dewch,' medd Dad.

Rydyn ni'n cropian allan drwy ddrws y cefn.

'Diolch am yr holl bêl-droed ar y teledu,' galwaf yn dawel ar dad-cu Yusuf. Mae yntau'n codi'i law arnaf.

'Gobeithio bod teledu lloeren gyda nhw ble bynnag rydych chi'n mynd,' sibryda Yusuf o'r drws.

'Diolch,' sibrydaf.

'Hisht!' medd Dad.

Mae'r tri ohonom yn rhedeg i lawr y lôn dywyll ac yn mynd i mewn i'r tacsi. Mae Dad yn gwneud i mi a Bibi orwedd ar y llawr yn y cefn.

'Jamal,' medd Bibi yn fy nghlust wrth i Dad danio'r injan. 'Pam nad yw Mam gyda ni?'

Dw i'n meddwl am hyn.

'Mae'n rhaid iddi rybuddio rhagor o rieni'r ysgol,' sibrydaf. 'Rhaid iddi egluro iddyn nhw pam cafodd ein tŷ ni ei chwythu i fyny a dweud wrthyn nhw am fod yn ofalus a rhoi gwaith cartref i'r plant am y cyfnod pan fyddwn ni i ffwrdd.'

Mae hynny'n swnio'n iawn. Gan fod ganddi hynafiaid fel ei rhai hi, fydd Mam ddim yn anghofio ei dyletswydd hyd yn oed os yw'r tŷ wedi ffrwydro.

'Ar ôl yfory,' sibrydodd Bibi, 'fe fyddwn ni i gyd yn aros gyda'n gilydd, oni fyddwn ni?'

Dw i'n ceisio peidio â meddwl am y llywodraeth sydd eisiau ein lladd ni.

'Byddwn,' meddaf. 'Beth bynnag sy'n digwydd, fe fydd y teulu yma bob amser gyda'i gilydd. Efallai nad ym Manceinion rydyn ni, ond fe fyddwn ni'n unedig bob amser.'

Mae hyn yn swnio'n wirion, ond mae fy nghalon yn curo. Dw i'n dyheu am i hyn fod yn wir.

11

Dw i'n deffro.

Mae fy ngwddw'n stiff ac mae fy llygaid yn boenus yng ngolau'r haul ac mae briwsion bara'n dal wedi'u gludio wrth fy wyneb.

Dw i'n dal ar lawr y tacsi. Mae Bibi'n cysgu ar y sedd gefn. Mae ei phen ar ei braich ac mae hi'n glafoerio. Dw i'n sychu'r glafoer yn dyner oddi ar ei gên â'm llawes. Dyna fyddai Mam yn ei wneud.

Dw i'n codi ar fy mhennau gliniau ac yn syllu drwy'r ffenest.

Mae Dad yn llywio'r tacsi oddi ar y ffordd. Rydyn ni'n bownsio dros dyllau ac yn stopio o dan res hir o goed.

'Ydyn ni wedi cyrraedd eto?' medd Bibi'n gysglyd.

Dw i'n gobeithio nad ydyn ni.

Yn y pellter, heibio i'r coed, dw i'n gallu gweld toeon adeiladau'r ddinas. Dw i ddim yn gwybod llawer am adeiladau'r ddinas achos dim ond ddwywaith dw i erioed wedi bod yno, ond dw i'n gwybod un peth. Mae adeiladau'r ddinas yn aml yn cynnwys adeiladau'r llywodraeth.

'Bore da, chi'ch dau,' medd Dad.

'Ydy Mam yma?' gofynnaf yn bryderus.

Mae Dad yn oedi am eiliad cyn ateb.

'Ddim eto,' medd ef. 'Fe fydd hi draw ychydig yn nes ymlaen.'

'Faint yn nes ymlaen?' medd Bibi.

Am eiliad dw i'n meddwl bod Dad yn mynd i golli'i dymer. Mae blaenau'i glustiau'n troi'n binc, sydd bob amser yn arwydd peryglus i rai aelodau o'n teulu ni. Ond dim ond llyncu ac edrych yn benderfynol mae e.

'Dw i ddim yn siŵr yn union pryd bydd hi yma,' medd. 'Ond fe fydd hi'n dod, dw i'n addo.'

Dyna'r cyfan mae'n rhaid i mi ei glywed. Rydyn ni bob amser yn cadw addewidion yn ein teulu ni. Mae'n rhaid bod un o'r teuluoedd eraill yn yr ysgol yn rhoi lifft i Mam. Mae beic modur gan rieni Mussa.

Rydyn ni i gyd yn mynd allan ac yn ymestyn ein coesau.

Dw i'n edrych i fyny ar y coed. Mae'r brigau'n siffrwd yn yr awel. Dw i'n meddwl pa mor lwcus mae pobl y ddinas. A ninnau'n byw yn y wlad, does dim coed gyda ni.

Ond, dw i'n gweld nawr nad coed go iawn ydyn nhw. Polion lamp ydyn nhw a bwndeli mawr blêr o dapiau casét yn hongian oddi arnyn nhw. Yng nghanol y llinynnau brown sy'n ysgwyd dw i'n gallu gweld casetiau cerddoriaeth gwag. Dw i'n gwybod mai dyna ydyn nhw achos bod rhai gan dad-cu Yusuf. Mae'n dwlu ar Dolly Parton.

Mae Dad yn fy ngweld yn edrych.

'Coed tapiau,' medd ef. 'Mae'r llywodraeth yn

casáu cerddoriaeth, felly maen nhw'n mynd â thapiau oddi wrth fodurwyr ac yn eu taflu nhw i fyny fan 'na yn rhybudd i bawb.'

Mae Dad yn syllu ar y cwlwm o dapiau. Am eiliad dw i'n meddwl ei fod yn mynd i ddringo a'u hachub nhw, ond dyw e ddim yn gwneud.

'Dyna pam rwy wedi'ch dysgu chi sut i chwibanu,' medd ef. 'Fel y gallwch chi wylltio'r llywodraeth bryd bynnag dych chi eisiau.'

Dw i'n rhoi gwên i Dad. Mae'n ceisio gwenu'n ôl ond dyw ei lygaid ddim yn fodlon gwneud. Druan bach. Mae wedi bod ar ddihun drwy'r nos.

Mae traffig y bore cynnar yn gwibio heibio i ni am y ddinas. Yn sydyn dw i'n cael syniad dychrynllyd. Beth os bydd gweithiwr llywodraeth o'r adran ysgolion anghyfreithlon yn mynd heibio ac yn adnabod Dad?

Dw i'n ceisio sefyll rhyngddo a'r ffordd.

'Dewch,' medd Dad. 'Gadewch i ni eich gwneud chi'ch dau'n gysurus.'

Dw i ddim yn siŵr beth mae'n ei olygu. Mae'n cymryd y bagiau o'r tacsi ac yn ein harwain drwy'r coed tapiau i siop wag. Dw i'n gallu dweud mai siop yw hi o'r arwyddion Coke a Fanta sydd wedi colli eu lliw ar y blaen. Mae Dad wedi dweud wrthyf am y dyddiau cyn i'r llywodraeth wahardd pop.

Mae drws y siop yn hongian ar un colfach ac mae hi braidd yn anniben y tu mewn. Ar y llawr mae hen danau wedi diffodd. A darnau o gardfwrdd wedi'u rhwygo. Y math mae pobl digartref weithiau'n cysgu arnyn nhw.

'Mae'n ddrwg gen i nad yw hi'n lanach yma,' medd Dad. 'Ond fe fyddwch chi'n ddiogel yma tan i mi ddod 'nôl.'

Dw i'n syllu ar Dad. 'Wyt ti'n ein gadael ni yma?' meddaf.

'Dwyt ti ddim!' medd Bibi, yn wyllt gacwn. 'Dwyt ti ddim yn ein gadael ni yma!'

Mae Dad yn ein cofleidio ni'n dau. Mae bron yn teimlo fel petai'n fwy ofnus na ni.

'Mae'n rhaid i mi fynd i nôl Mam,' medd Dad. 'Mae'n well i chi'ch dau aros yma.'

'Pam?' mynna Bibi.

Dyna beth dw i eisiau ei ofyn hefyd.

Pam na all rhieni Mussa ddod â Mam yma?

Ond dw i ddim yn gofyn dim. Oherwydd dw i'n gallu gweld wrth wyneb Dad bod rhywbeth nad ydyn ni'n ei wybod. Rhywbeth arswydus a pheryglus. Rhywbeth sy'n gwneud i Dad eisiau fy nghadw i a Bibi wedi ein cuddio'n ddiogel fan hyn. Ac mae gormod o ofn arnaf i ofyn.

Mae Dad yn cusanu fy mhen i a phen Bibi. 'Mae brecwast yn y bag 'na,' medd ef, gan geisio swnio'n hwyliog. Ond mae'i lais yn crynu. 'Fydda i ddim yn mynd yn bell. Dim ond draw fan 'na mae'r stadiwm pêl-droed.'

Y stadiwm pêl-droed?

Mae Dad yn pwyntio allan o'r siop, heibio i'r coed tapiau. Yn y pellter gallaf weld rhan uchaf wal grom briciau mwd.

Dyna fe, mae'n rhaid.

Y stadiwm pêl-droed.

Yr unig le yn y ddinas dw i bob amser wedi dyheu am gael mynd i'w weld.

Yn sydyn mae Dad yn rhoi'i fraich i lawr fel petai heb feddwl sôn am y stadiwm pêl-droed.

'Bibi,' medd ef. 'Wnei di nôl y pethau brecwast o'r car?'

Wedyn mae'n mynd â fi allan o'r siop.

Mae'n rhoi darn o bapur wedi plygu a sypyn o arian papur.

'Rhag ofn na fydda i'n ôl fan hyn erbyn diwedd y prynhawn,' medd yn dawel, gan edrych dros ei ysgwydd i wneud yn siŵr na all Bibi glywed. 'Chwilia am dacsi, rho'r nodyn a'r arian i'r gyrrwr ac fe aiff â chi'ch dau'n ôl i'r pentref. Ond fe fyddaf i yma, dw i'n addo.'

Dw i erioed wedi cydio mewn cymaint o arian. Dw i'n dal i syllu arno pan dw i'n sylweddoli bod Dad yn y tacsi ac yn gyrru i ffwrdd.

Dw i'n codi fy llaw, ond dw i ddim yn credu ei fod yn fy ngweld. Wedyn dw i'n stwffio'r arian a'r nodyn yn fy mhoced ac yn mynd yn ôl i'r siop.

'Gad i ni gael brecwast,' meddaf wrth Bibi. Dw i ddim eisiau dweud dim am yr arian. Dw i ddim eisiau iddi boeni. Mae'n ddigon bod un ohonom ni'n poeni.

'Os na ddaw Dad yn ôl,' medd Bibi, 'rydyn ni'n mynd i ddefnyddio'r arian 'na i brynu tanc a saethu pwy bynnag sydd wedi gwneud dolur iddo fe a Mam.'

Chwiorydd bach. Maen nhw'n gweld popeth.

Dw i'n gallu gweld ei bod hi'n gwneud ei gorau i beidio â chrio. Wrth i ni fwyta dw i'n ceisio codi ei chalon gyda storïau am rai o'r goliau gorau dw i wedi'u gweld erioed. Does dim llawer o ddiddordeb ganddi, ddim hyd yn oed yn y stori lle mae saethwr West Ham yn llithro i'r llawr ac yn cydio'n wyllt yn rhywbeth i'w atal rhag cwympo ac yn tynnu trowsus byr gôl-geidwad Arsenal i lawr yn ddamweiniol.

Does dim llawer o ddiddordeb gennyf i chwaith. Wrth siarad, dw i ddim wir yn meddwl am y goliau gwych. Mae fy meddwl yn rhywle arall.

Y stadiwm pêl-droed.

Pam mae Dad yn mynd i nôl Mam oddi yno?

'Jamal,' cwyna Bibi. 'Mae dy iogwrt di'n diferu ar fy nghoes.'

Yn sydyn, mae'r cyfan yn fy nharo. Dw i'n gwybod pam mae Mam a Dad yn mynd i'r stadiwm pêl-droed. Mae'r un cynllun â fi ganddyn nhw. Maen nhw'n mynd i siarad â swyddog pêl-droed y llywodraeth amdanaf i a Bibi. Maen nhw'n mynd i egluro sut bydd ein sgiliau pêl-droed yn helpu Afghanistan i gael tîm cenedlaethol ryw ddydd. Felly fydd y llywodraeth ddim eisiau ein lladd ni wedyn.

71

Mae'n digwydd yn aml mewn teuluoedd bod pobl yn cael yr un syniad. Rhoddodd Bibi a minnau sychwr bwrdd du i Mam ar ei phen-blwydd y llynedd.

'Mae hyn yn wych,' meddaf yn uchel.

'Dim ond iogwrt yw e,' medd Bibi.

Dw i'n egluro iddi beth mae Mam a Dad yn ei wneud. Prin dw i'n gallu dweud y geiriau, dw i mor gyffrous. Mae Bibi'n amheus i ddechrau, tan iddi sylweddoli bod gobaith iddi hithau fod yn y tîm cenedlaethol hefyd.

'Gwych,' medd hi, a'i llygaid yn fawr.

Mae syniad arall yn fy nharo. Un sy'n gwneud i mi neidio i fyny a cholli gweddill yr iogwrt.

Os yw Mam a Dad *yn* mynd i ddarbwyllo swyddog pêl-droed y llywodraeth mewn gwirionedd, mae angen i ni fod yno hefyd.

12

Mae pobl yn ymgasglu y tu allan i'r stadiwm pêl-droed. Cannoedd ohonyn nhw. Maen nhw'n edrych yn eithaf cyffrous. Ond ddim mor gyffrous â mi.

'Rhaid bod gêm,' meddaf wrth Bibi. 'Rhaid bod y llywodraeth wedi rhoi caniatâd. Mae hyn yn wych. Efallai bod dewiswyr y tîm cenedlaethol yma.'

Mam a Dad, rydych chi mor glyfar.

Dw i'n gwenu wrth ddychmygu pa mor falch fydd dewiswyr y tîm cenedlaethol o gwrdd â ni. Rhaid bod eu gwaith yn eithaf diflas. Dydyn nhw byth yn cael dewis neb.

Mae Bibi'n edrych yn amheus. 'Dw i ddim yn meddwl fy mod i'n barod i'r dewiswyr cenedlaethol,' medd hi. 'Dim ond un gôl dw i erioed wedi'i sgorio y tu allan i'm hystafell wely.'

'Fe fyddi di'n iawn,' meddaf. 'Chwilio am ddawn maen nhw mewn chwaraewr naw mlwydd oed, nid profiad.'

Dw i'n rhoi'r bêl iddi ei dal wrth i mi wthio rhai cudynnau o'i gwallt o dan ei het. Het Dad yw hi, felly mae hi ychydig yn fawr.

'Cofia mai bachgen wyt ti i fod,' meddaf wrthi. 'Ddangoswn ni ddim iddyn nhw mai merch wyt ti tan ar ôl i ti eu dallu nhw â'th sgiliau pêl.'

'Mae dy drowsus di wir yn llac amdanaf i,' cwyna Bibi. 'Dw i'n ei chael hi'n anodd cerdded ynddyn nhw, heb sôn am chwarae pêl-droed.'

Mae nifer o dacsis yn stopio y tu allan i'r stadiwm. Rydyn ni'n gwthio drwy'r dyrfa, yn chwilio am un du gyda drws gwyrdd i'r gyrrwr a llun ohonof i a Bibi'n hongian o'r drych.

Dim lwc. Dyw hi ddim yn edrych yn debyg fod Mam a Dad yma eto.

'Ddown ni byth o hyd iddyn nhw,' medd Bibi, gan dynnu fy nhrowsus i fyny a syllu drwy'r llwch.

'Dal ati i edrych,' meddaf.

Dw i'n egluro iddi nad yw'r stadiwm yma'n agos mor fawr â'r rhai ar y teledu, ond hyd yn oed wedyn mae'n gallu dal dwy fil o bobl. Llond dau gant o dacsis o leiaf. Bydd llawer mwy o dacsis yn cyrraedd cyn i'r gêm ddechrau.

'Beth os ydyn nhw wedi parcio'r tacsi?' medd Bibi. 'Beth os ydyn nhw yn y dyrfa?'

Pwynt da. Rydyn ni'n gwthio drwy'r dyrfa, yn chwilio am ddau gorff cyfarwydd.

Dim lwc o hyd.

Mae Bibi'n rhoi'i dwylo'n gwpan am ei cheg. 'Mam, Dad, ble rydych chi?' gwaedda nerth ei phen.

Dw i'n cydio ynddi ac yn ei thynnu drwy'r dyrfa, o olwg y wynebau sy'n syllu arnom.

'Bibi,' ymbiliaf arni. 'Dydyn ni ddim eisiau denu

cymaint â hynny o sylw. Dim ond sylw'r dewiswyr, o'r gorau?'

Dw i ddim yn gallu credu'r peth. Dyw rhai pobl ddim yn gwybod sut i ymddwyn pan fyddan nhw ar restr lladd y llywodraeth.

Yna dw i'n gweld rhywbeth anhygoel. Mae gatiau'r stadiwm ar agor. Mae pobl yn cerdded i mewn heb docynnau. Does neb yno i gasglu tocynnau. Naill ai dydyn nhw ddim wedi cyrraedd eto achos eu bod nhw'n methu cael tacsi, neu mae'r gêm hon am ddim.

'Dere,' meddaf wrth Bibi. 'Gad i ni chwilio am Mam a Dad y tu mewn.'

Mae'r stadiwm bron yn llawn. Rhaid bod hon yn gêm fawr. Efallai bod clwb enwog ar daith. Real Madrid neu Juventas. Neu hyd yn oed Manchester United. Efallai bod Syr Alex Ferguson yn yr ystafell newid yr eiliad hon, yn rhoi araith i ysbrydoli ei chwaraewyr ac yn gwneud yn siŵr eu bod nhw'n ffit.

'Gad i ni fynd i'r seddi uchel,' meddaf wrth Bibi. 'Fe fydd hi'n haws i ni weld Mam a Dad o lan fan 'na.'

Rydyn ni'n gwthio ein ffordd i fyny'r grisiau gorlawn i'r rhes olaf o seddi, yn uchel, tua deg neu ddeuddeg rhes o'r maes. Wrth i Bibi edrych o gwmpas ar y gwylwyr, dw i'n pwyso'n ôl dros wal y stadiwm ac yn edrych ar y bobl a'r tacsis o gwmpas y fynedfa.

Ond does dim llawer o bobl ar ôl y tu allan. A dim ond tacsi neu ddau.

Yn sydyn mae'r stadiwm i gyd yn ymdawelu.

Am eiliad arswydus dw i'n meddwl bod pawb newydd sylweddoli mai myfyrwyr o ysgol anghyfreithlon ydw i a Bibi. Dw i'n rhoi fy mraich o gwmpas Bibi. Ond nid dyna sy'n bod. Mae tryc y fyddin wedi gyrru ar y maes.

Dw i'n wyllt gacwn. On'd ydyn nhw'n sylweddoli bod cerbydau trwm yn gallu gwneud difrod i'r maes? Mae'n anodd driblo drwy hogle teiars. Dw i'n gwybod, dw i wedi rhoi cynnig arni. Os bydd Syr Alex Ferguson yn eu gweld nhw, fe fydd e'n gynddeiriog.

Mae'r tryc yn gyrru i ben pellaf y maes, yn stopio, ac mae milwyr yn neidio allan. Maen nhw'n agor cefn y tryc ac yn llusgo nifer o fenywod allan. Hyd yn oed o'r pellter yna dw i'n gallu gweld mai menywod ydyn nhw achos bod dillad yn eu gorchuddio o'u corun i'w sawdl.

Beth sy'n digwydd?

'Edrych,' sibryda Bibi. 'Mae eu dwylo nhw wedi'u clymu.'

Mae hi'n iawn.

Mae'r milwyr yn dechrau cadwyno rhai o'r menywod wrth y pyst.

Yn sydyn dw i'n deall beth sy'n digwydd. Rhybudd gan y llywodraeth yw hwn. Mae'r menywod yn esgus bod yn chwaraewyr pêl-droed.

Mae'r llywodraeth yn dangos beth fydd yn digwydd i fenywod sy'n chwarae pêl-droed.

Dw i'n teimlo Bibi'n sythu wrth iddi sylweddoli hyn hefyd.

Mae rhan ohonof eisiau rhedeg ar y maes gyda Bibi a dangos ei sgiliau pêl-droed hi i'r dyrfa er mwyn iddyn nhw weld pa mor dwp yw'r llywodraeth.

Ond mae rhan arall ohonof yn dechrau meddwl nad yw hyn yn syniad da. Mae drylliau gan y milwyr. Er mai dim ond esgus yw hyn ac mae'n debygol nad yw'r drylliau wedi'u llwytho, mae hi'n dal yn bosibl iddyn nhw roi ergyd gas i chi ar eich pen.

Dw i'n gallu dweud bod Bibi'n teimlo'r un fath. Mae hi'n crynu.

'Jamal,' llefa.

Dw i'n cydio'n dynnach ynddi.

Yn sydyn mae un o'r menywod yn rhedeg oddi wrth y milwyr ac yn dod i'n pen ni o'r maes. Mae'r holl wylwyr yn y stadiwm yn dechrau gweiddi arni. Maen nhw'n gweiddi pethau cas, digywilydd a chreulon. Mae'r bobl o'm cwmpas yn dechrau mynd yn wyllt. Mae'r sŵn yn rhoi cur pen i mi. Dw i'n rhoi fy nwylo dros glustiau Bibi.

Dw i'n methu tynnu fy llygaid oddi ar y fenyw.

Mae rhywbeth am y ffordd mae hi'n rhedeg.

Na, all hyn byth â bod yn wir.

Na, paid â gadael i hyn fod yn wir.

Mae gan lawer o fenywod ddillad fel 'na. Mae llawer o fenywod yn rhedeg fel 'na. Yn union fel roedd Mam yn arfer rhedeg pan oedd Bibi'n fach a ninnau'n mynd am dro fel teulu yn yr anialwch a Bibi'n rhedeg i ffwrdd.

'Mam,' llefa Bibi. 'Mam yw hi.'

Ie.

Mam yw hi.

Lawr fan 'na ar y maes. A'i dwylo wedi'u clymu. Yn rhedeg oddi wrth y milwyr. Nid esgus yw hyn. Mae'n digwydd go iawn.

Dw i'n syllu, yn methu teimlo oherwydd y sioc, yn ceisio deall beth sy'n digwydd, wrth i ddau filwr ddal Mam yn ein pen ni o'r maes a'i thaflu i'r llawr. Maen nhw'n anelu eu drylliau at gefn pen Mam.

Mae'r stadiwm yn ymdawelu.

'Na,' sgrechia Bibi.

Dw i'n rhoi fy llaw dros ei cheg. Mae pobl yn edrych arni, ac yna'n troi'n ôl i edrych ar y maes.

'Dim ond rhybudd yw e,' sibrydaf yn daer i glust Bibi. 'Dim ond rhybuddio Mam i beidio â rhedeg bant maen nhw.'

Ond pam? Pam mae Mam yma?

Dw i'n sylweddoli'n sydyn. Neithiwr. Rhaid bod y llywodraeth wedi arestio Mam cyn iddyn nhw chwythu ein tŷ ni i fyny. Rhaid mai athrawon anghyfreithlon yw'r menywod hyn i gyd, yma i gael eu cosbi.

O na.

Ar ben arall y maes mae'r milwyr yn gwneud i'r menywod eraill benlinio hefyd. Maen nhw'n anelu drylliau at gefnau eu pennau nhw hefyd. Yn barod i saethu.

Dw i'n ceisio sgrechian ond dw i'n crio'n dawel mewn arswyd.

Allan nhw ddim gwneud hyn. All y llywodraeth ddim gwneud hyn. Allan nhw ddim lladd pobl am fod yn athrawon.

'Mam,' cria Bibi.

'Aros fan hyn,' meddaf wrthi.

Dw i'n gwthio'r bêl ac arian Dad i'w dwylo ac yn fy nhaflu fy hun i lawr grisiau'r stadiwm. Dw i ddim yn gwybod sut dw i'n mynd i'w wneud e, ond mae'n rhaid i mi eu hatal nhw rhag saethu Mam.

Mae pobl eraill yn rhedeg i lawr y grisiau hefyd. Bibi yw un ohonyn nhw, gallaf ei chlywed hi'n crio y tu ôl i mi. Am eiliad dw i'n meddwl bod y bobl eraill yn mynd i'm helpu i. Ond dydyn nhw ddim yn rhedeg ar y maes, maen nhw'n rhedeg allan o'r stadiwm. Dydyn nhw ddim eisiau achub Mam, dydyn nhw ddim eisiau ei gweld hi'n cael ei saethu, dyna'i gyd.

Dim ond fi a Bibi sydd.

Wedyn dw i'n clywed sŵn gweiddi o fynedfa'r stadiwm, a sŵn teiars yn sgrechian. Mae tacsi'n gyrru'n gyflym i mewn i'r stadiwm. Mae'n mynd drwy'r ffens isel sydd o gwmpas y maes.

Mae pobl yn sgrechian.

Mae mwg yn arllwys o ffenestri cefn y tacsi wrth iddo wibio heibio i Mam a'r ddau filwr.

Mae'n gwneud hanner cylch o flaen y milwyr eraill ym mhen pella'r maes, gan daflu graean drostyn nhw. Mae caniau olew ar dân yn hedfan tuag atyn nhw o ffenest y gyrrwr. Mae'r milwyr yn ceisio cuddio rhagddyn nhw.

Mae'r tacsi'n cyflymu allan o'r mwg ac yn mynd ar wib i lawr y maes tuag at Mam.

Mae'r ddau filwr sydd gyda Mam yn anelu eu drylliau at y tacsi. Mae Mam yn codi'n gyflym ar ei thraed ac yn dechrau rhedeg eto. Mae'r tacsi'n gwneud sgid enfawr ac yn bwrw i mewn i'r ddau filwr, nes eu bod nhw'n cael eu taro i'r llawr, a'u drylliau'n llithro oddi wrthyn nhw ar draws y maes.

Mae drws teithiwr y tacsi'n agor led y pen. Mae Mam yn gweld hyn, yn rhedeg i'r tacsi ac yn ei thaflu ei hun i mewn.

Mae pobl yn gweiddi. Mae'r stadiwm yn llawn mwg. Dw i'n gallu gweld y milwyr ym mhen draw'r maes yn diffodd y carpiau sy'n llosgi o'r caniau olew ac yn anelu eu drylliau at y tacsi. Mae pobl yn cropian o dan eu seddi.

Mae'r drylliau'n tanio. Dw i'n methu teimlo oherwydd y sioc ac yn methu symud. Mae olwynion y tacsi'n chwyrlïo. Mae'r tacsi'n rhuo'n gyflym yn ei flaen. Am eiliad mae'n edrych fel petai'n mynd i fwrw i mewn i'r pyst y pen yma o'r maes. Yna mae'n troi i ffwrdd ac yn mynd fel cath i gythraul ar draws y maes ac allan o'r stadiwm.

Mae fy ngwynt yn fy nwrn.

Mae Bibi'n cydio ynof, prin y mae'n medru siarad.

'Jamal, dw i'n credu mai . . . mai . . .'

Ie.

Dad oedd e.

13

Rydyn ni wedi gadael y tyrfaoedd nawr a bron â chyrraedd y siop. Mae hi wedi cymryd amser achos rydych chi'n bwrw i mewn i bethau o hyd wrth redeg a chrio ar yr un pryd.

'A fyddan nhw'n iawn?' llefa Bibi.

Mae hi wedi bod yn holi hyn yr holl ffordd yn ôl, ond dw i ddim yn ei beio hi. Dw i wedi bod yn holi'r un peth fy hunan.

'Fe fyddan nhw'n iawn,' meddaf wrthi. 'Fe ddaeth Dad i achub Mam. Fe welaist ti fe.'

Dwi ddim yn dweud dim am rwystrau ffyrdd yr heddlu ac am yr hofrenyddion sydd ag offer gweld o bell. Dw i'n gwneud dim ond edrych ar yr awyr a phoeni nes 'mod i'n teimlo'n sâl.

Rydyn ni'n cyrraedd y siop.

Dyw Mam a Dad ddim yno.

Mae Bibi'n beichio crio. Dw i'n ei chofleidio ac yn fy nghofleidio fy hun ar yr un pryd. 'Mae hyn yn beth da,' meddaf wrthym ein dau. 'Tasen nhw wedi cyrraedd yma gyntaf a gweld nad oedden ni yma, fe fydden nhw'n poeni'n fawr.'

Trueni nad oedd hyn yn teimlo'n beth da.

'Ond pam nad ydyn nhw yma?' wyla Bibi.

'Mae'n siŵr fod Dad eisiau gwneud yn siŵr nad oes neb yn ei ddilyn,' meddaf, gan obeithio fy mod i'n iawn. 'Mae'n debyg ei fod e'n gwibio i lawr strydoedd un ffordd, ti'n gwybod, fel mae gyrwyr tacsi'r ddinas yn ei wneud, meddai fe.'

Dw i'n penderfynu pacio ein bagiau er mwyn gallu gadael yn gyflym pan fydd Mam a Dad yn cyrraedd. Dw i'n mynd i mewn i'r siop, ac yna dw i'n cofio i mi bacio popeth cyn i ni fynd i'r stadiwm. Popeth ond fy mhêl, a dw i'n ei rhoi yn fy mag nawr.

A chanhwyllbren Mam, a adawon ni â channwyll yn llosgi ynddi. Mae'r gannwyll yn dal i losgi. Dw i ddim yn mynd i'w phacio hi. Ddim eto.

'Jamal.'

Bibi yw hi, yn sgrechian.

Dw i'n rhedeg allan. Mae cerbyd yn gwibio oddi ar yr heol yn fwrlwm o goch a gwyrdd. Mae'n aredig ei ffordd ar draws y tir agored ac yn aros mewn cwmwl o lwch rhwng y coed tapiau a'r siop.

Nawr dw innau'n sgrechian hefyd, rydyn ni'n dau'n sgrechian eu henwau nhw wrth redeg at y tacsi.

Mae Mam a Dad yn dod allan.

Rydyn ni'n cydio yn ein gilydd, y pedwar ohonom. Rydyn ni'n gwasgu mor galed, dw i'n teimlo bod fy mreichiau'n mynd i dorri. Wedyn mae Dad yn symud draw. 'Rhaid i ni symud yn gyflym,' medd ef, gan fynd i gist y tacsi.

Dw i ddim yn barod i symud yn gyflym, ond mae Mam yn symud draw hefyd.

'Ro'n i'n meddwl eu bod nhw'n mynd i'th ladd di,' llefa Bibi, a chydio yn ffrog Mam.

'Na,' medd Mam yn dawel, a rhedeg ei llaw yn ysgafn dros ben Bibi.

Wedyn mae Mam yn syllu ar Bibi wrth iddi sylweddoli ein bod ni wedi bod yn y stadiwm. Mae'n edrych arnaf. Dw i'n nodio. Does dim pwynt celu'r peth.

'Oedden nhw'n mynd i'th ladd di oherwydd dy fod ti'n athrawes?' medd Bibi.

Mae Mam yn edrych i ffwrdd. Mae hi'n nodio. Mae ei hwyneb yn welw ac mae golwg bell arni. Yn sydyn gallaf weld ei bod hi hefyd yn meddwl eu bod nhw'n mynd i'w lladd, ac mae hynny'n gwneud i mi grio eto.

Mae Mam yn troi ac yn symud i gyfeiriad y siop. Mae hi'n aros. Mae'n syllu ar y gannwyll yn llosgi yn y ganhwyllbren. Mae'n troi'n ôl ac yn rhoi'i breichiau amdanaf i a Bibi eto.

'Diolch,' sibryda.

'Mam,' medd Bibi mewn llais bach. 'Beth fydd yn digwydd i'r menywod eraill yna?'

Dyw Mam ddim yn dweud dim am gryn amser. Dw i'n codi fy mhen ac yn gweld y boen ar ei hwyneb. Mae fy mrest fy hunan yn mynd yn boenus gan fod golwg mor drist arni.

'Roedd hi'n amhosib i ni wneud dim,' meddaf yn dawel wrth Bibi. 'Dim ond teulu ydyn ni.'

Mae Mam yn tynnu anadl ddofn. 'Ac rydyn

ni'n mynd i aros yn deulu,' medd hi, gan gadw'i breichiau amdanon ni. 'Dim ots i ble'r awn ni.'

Dyw hi erioed wedi cydio mor dynn ynof.

'Ydyn ni'n mynd ar daith?' gofynna Bibi.

Mae Mam yn nodio.

'I ble?' gofynna Bibi.

'I rywle ymhell i ffwrdd,' medd Mam.

'Fel gwyliau?' gofynna Bibi.

Mae Mam yn oedi. Wedyn mae'n rhoi gwên ddewr i Bibi a mi.

'Rhywbeth tebyg,' medd hi.

'Pryd rydyn ni'n mynd?' gofynna Bibi.

'Cyn bo hir iawn,' medd Dad sydd draw wrth y tacsi.

Dw i'n troi a gweld ei fod yn ei gwrcwd wrth ddrws y gyrrwr a photyn o baent ganddo. Mae wedi peintio hanner y drws gwyrdd yn goch yn barod. Mae'n cymryd darn mawr o gwm cnoi o'i geg, yn ei wthio i dwll bwled ac yn peintio drosto.

'Dere, Bibi,' medd Mam. 'Gad i ni roi popeth yn y car.' Mae hi'n mynd i mewn i'r siop. Mae hi'n anhygoel. Awr yn ôl roedd hi bron â chael ei saethu a nawr mae hi'n rhoi trefn ar Bibi.

Wrth i Dad beintio, dw i'n penlinio wrth ei ochr ac yn dal y diferion oddi ar waelod y drws â'm llawes. Bydd y llywodraeth yn chwilio amdanon ni cyn hir a dydyn ni ddim eisiau gadael olion.

'Da iawn ti am feddwl am y peth,' medd Dad o dan ei wynt.

Mae hynny'n gwneud i mi deimlo'n dda.

'Dad,' meddaf, 'Roeddet ti mor ddewr, yn gyrru i mewn i'r stadiwm ac yn achub Mam. Ond fe ddylet ti fod wedi mynd â ni gyda ti. Fe allen ni fod wedi dy helpu di i daflu'r caniau mwg.'

Mae Dad yn stopio peintio ac yn syllu arna i. Dw i'n cofio nad yw'n gwybod fy mod yn y stadiwm. Dw i'n llyncu. Mae'n rhoi ei law sy'n ddiferion o baent drosti ar fy ysgwydd.

'Jamal,' medd yn dawel. 'Rwyt ti'n rhan o'm calon ac yn rhan o'm henaid. Dw i'n falch dy fod ti'n fab i mi.'

Dw i'n rhoi fy mreichiau amdano er mwyn iddo weld pa mor gynnes dw i'n teimlo.

'Dw i'n falch dy fod ti'n dad i mi,' meddaf.

Rydyn ni'n edrych ar ein gilydd. Ac yn sydyn dw i'n gwybod, os gall Dad fod yn rhyfelwr yr anialwch mewn stadiwm pêl-droed, y galla' innau hefyd.

Wedyn dw i'n cofio bod yn rhaid i ni symud yn gyflym.

'Oes gwell i mi grafu cist y car?' gofynnaf. 'A rhoi tolc neu ddau yn y drysau cefn? Er mwyn iddo edrych yn wahanol eto?'

Mae Dad yn agor a chau ei lygaid. Mae'n rhoi hanner gwên ac yn ysgwyd ei ben.

'Fe fydd hyn yn ddigon,' medd ef. 'Dim ond digon i fynd i ben draw'r ddinas sydd eisiau. Wedyn dw i'n mynd i werthu'r tacsi i gael arian ar gyfer ein taith ni.'

Dw i'n edrych mewn syndod ar Dad.

Gwerthu'r tacsi?

Rhaid bod hynny'n gwneud iddo deimlo'n drist. Mae'r tacsi wedi bod ganddo ers blynyddoedd. Cyn i mi a Bibi gael ein geni. Rhaid ein bod ni'n ffoi i rywle sy'n rhy bell i ni fynd yn y tacsi. Rhywle i fyny bryniau serth iawn. Doedd y tacsi erioed yn dda iawn am ddringo bryniau.

Tra mae Dad yn gorffen peintio, dw i'n dal y diferion ac yn cadw llygad am dryciau'r llywodraeth ac yn ceisio peidio â meddwl am y menywod eraill yn y stadiwm.

Mae Mam yn gwthio'i phen allan o'r siop.

'Os ydych chi eisiau mynd i'r tŷ bach,' medd Mam, 'ewch nawr.'

Does dim un ohonom eisiau mynd.

Dw i'n rhy brysur yn meddwl am fy nghynllun newydd.

'Os yw person yn mynd i rywle arall ac yn dod yn seren pêl-droed enfawr,' meddaf wrth dad-cu Yusuf yn fy nychymyg, 'a'i chwaer yn gwneud hynny hefyd, ac maen nhw'n chwarae'n gyson ar y teledu, ac wedyn maen nhw'n dod yn ôl i Afghanistan gyda'u rhieni, ydych chi'n credu y bydden nhw'n ddigon poblogaidd i helpu i ffurfio llywodraeth newydd? Llywodraeth garedig a theg na fyddai'n llofruddio neb?'

'Ydw,' medd tad-cu Yusuf.

Mae tad-cu Yusuf yn eithaf hen a doeth, hyd yn oed yn fy nychymyg, ac mae'n gwybod am y pethau hyn.

'O'r gorau,' meddaf wrtho, 'fe wnaf i hynny.'

14

'Mam,' cwyna Bibi. 'Ydyn ni wedi cyrraedd eto?'

Dyw Mam ddim yn ateb am dipyn. Yn y tywyllwch dw i'n gallu ei theimlo hi'n tynnu anadl ddofn ac yn ceisio bod yn bwyllog. Dyma'r miliynfed tro mae Bibi wedi gofyn.

'Nac ydyn, cariad,' medd Mam. 'Bydd yn amyneddgar.'

Mae'n anodd bod yn amyneddgar yn gorwedd fan hyn o dan yr hen sachau drewllyd yng nghefn tryc oer, swnllyd sy'n hercian symud. Dw i'n gwybod mai ffordd fynyddig yw hi, ond byddet ti'n meddwl y gallai'r gyrrwr osgoi rhai o'r tyllau. Yn enwedig gan ei fod wedi cael yr holl arian gafodd Dad am y tacsi.

'Aw,' medd Bibi. 'Mae fy mhennau gliniau'n boenus.'

'Cymer,' medd Mam, gan chwilio am rywbeth yn y tywyllwch. 'Dyma loli arall.'

Dw i'n cael fy nhemtio i boeni Mam a Dad fy hunan. Mae'r sachau 'ma wir yn cosi. Maen nhw'n drewi fel petai geifr wedi bod ynddyn nhw. A byddai loli arall yn eithaf neis. Ond dw i'n dweud dim. Mae mwy o angen y lolis ar Bibi. Ac mae'n rhaid i ni fod o dan y sachau rhag ofn i un o gerbydau patrôl yr heddlu stopio'r tryc.

'Dw i eisiau gwneud pi-pi.'

'Bibi,' medd Mam yn grac. 'Fe ddwedais i wrthot ti am fynd cyn i ni adael.'

'Allwn ni ddim stopio nawr, blodyn,' medd Dad. 'Fe fydd yn rhaid i ti aros.'

Mae'r tryc yn taro twll mawr. Dw i'n casáu hynny. Mae'r holl symud o gwmpas yn gwneud i 'mhledren innau deimlo'n llawn hefyd. Mae'n rhaid i mi geisio peidio meddwl amdano. Dw i'n penderfynu gofyn y cwestiwn dw i wedi bod yn rhy ofnus i'w ofyn.

'Dad,' meddaf. 'I ble'n union rydyn ni'n mynd?'

Dw i wedi bod eisiau gofyn ers i ni adael y ddinas, ond dw i wedi bod yn poeni am yr ateb posibl. Dw i'n ysu am fynd i rywle sydd â thîm pêl-droed enwog. Fel Barcelona. Neu Brazil. Neu Fanceinion.

Dyw Dad ddim yn ateb. Efallai ei fod yntau'n canolbwyntio ar gyhyrau ei bledren hefyd. Dw i'n teimlo Mam yn pwyso draw ac yn cyffwrdd â Dad.

'Dw i'n meddwl y dylen ni ddweud wrthyn nhw,' medd hi.

'O'r gorau,' medd Dad.

Mae'n ymdawelu eto. Am eiliad dw i'n meddwl tybed a yw wedi anghofio i ble rydyn ni'n mynd, ond dyw e ddim. Pan dw i'n clywed ei lais eto dw i'n sylweddoli bod angen yr ychydig amser yna arno i reoli ei emosiynau.

'Mae Mam a minnau wedi penderfynu,' medd

ef, 'y dylen ni i gyd fynd i fyw cyn belled ag sy'n bosibl oddi wrth y llywodraeth. Rydyn ni wedi penderfynu ceisio mynd i Awstralia.'

Awstralia?

Pe na bai fy ngên ar lawr y tryc yn barod, byddai fy ngheg yn cwympo ar agor. A phe na bai fy mrest ar y llawr, hefyd, byddai fy nghalon yn suddo'n is nag y mae hi nawr.

Dw i ddim yn siŵr ble mae Awstralia, hyd yn oed. Os gwnaethon ni Awstralia yn yr ysgol, rhaid fy mod i wedi bod yn breuddwydio am bêl-droed ar y pryd. Dw i'n credu mai rhywle mawr reit yng ngwaelod y glôb ydy e. Y cyfan dw i'n ei wybod yw nad oes gan Awstralia dîm ym Mhrif Gynghrair Pêl-droed Lloegr.

'Ble mae Awstralia?' medd Bibi.

'Mae'n bell iawn i ffwrdd,' medd Dad, ac yn ei lais dw i'n gallu clywed cymaint y byddai'n hoffi gallu aros gartref.

'Mae Awstralia'n lle gwych i ddechrau bywyd newydd,' medd Mam. Mae ei llais blinedig yn gwneud ei orau i beidio â swnio'n drist, ond mae'n methu. 'Mae pobl yn Awstralia'n ddiogel ac yn hapus. Ac mae'n rhy bell i ffwrdd i'r llywodraeth ddod o hyd i ni.'

Yn sydyn, mae'r tryc yn rhoi herc enfawr ac yn dechrau arafu.

Mae'n stopio.

Dw i'n gallu clywed lleisiau dynion yn gweiddi.

'Gorweddwch yn llonydd,' sibryda Mam. 'Dim smic.'

Drwy lwc, mae injan y tryc yn dal i chwyrnu ac mae ochrau'r tryc yn dal i daro yn erbyn ei gilydd, felly dyw'r dynion y tu allan ddim yn gallu clywed y frwydr sy'n digwydd yn fy mrest.

Mae llaw Mam yn teimlo'i ffordd at fy llaw i ac yn ei gwasgu'n dyner. Mae hynny'n help. Dw i'n gobeithio ei bod hi'n gwneud yr un peth i Bibi.

Y tu allan mae'r dynion yn cael sgwrs â'r gyrrwr. Dw i ddim yn gallu clywed popeth maen nhw'n ei ddweud, ond mae tipyn o sôn am arian. Does neb yn sôn am agor cefn y tryc a saethu'r sachau, ond mae'n debyg fod rhai o'r dynion yn meddwl am y peth.

Dw i'n ymestyn draw â'm llaw arall ac yn cydio'n dynn yn llaw Dad.

Rydyn ni'n gorwedd yno, yn aros, mewn arswyd.

Wedyn mae un o'r dynion yn bwrw ochr y tryc.

Dw i'n gweddïo nad ydyn nhw'n ceisio torri i mewn.

Dw i'n gweddïo mai dim ond rhoi arwydd i'r gyrrwr mae'r dyn.

Yn sydyn mae'r tryc yn ysgwyd ac yn dechrau symud, a'r injan yn swnian wrth i'r gyrrwr newid gêr.

Dw i'n dechrau anadlu eto. Er bod yr awyr yn rhewi, mae ein dwylo'n boeth a chwyslyd. Mae Dad yn cydio yn fy llaw am gryn amser.

'Ffarwél,' medd o'r diwedd, mewn llais dagreuol.

I ddechrau dw i'n meddwl mai â mi mae Dad yn siarad. Wedyn dw i'n sylweddoli ein bod ni wedi croesi'r ffin ac mai â'n gwlad ni mae'n siarad.

Mae Mam yn dechrau crio'n dawel. Mae Dad yn gollwng fy llaw i'w chysuro.

Dw i'n teimlo fel crio eto, ond yn lle hynny dw i'n ymestyn ac yn cyffwrdd â'm bag. Dw i eisiau gwneud yn siŵr fod fy mhêl-droed yn dal yn ddiogel. Dyw'r ffaith nad ydw i wedi clywed am unrhyw dimau pêl-droed o Awstralia ddim yn meddwl nad oes rhai da yno. Dw i eisiau ymarfer cymaint ag sy'n bosib ar y daith yno, er mwyn bod yn barod.

Mae'r bêl yn teimlo'n iawn.

Mae fy llaw yn symud dros fag Mam. Dw i'n gallu teimlo'r ganhwyllbren ynddo.

'Diolch,' sibrydaf wrth hynafiaid Mam. 'Wnaf i mo'ch siomi chi.'

15

Dyma'r dyrfa fwyaf dw i wedi'i gweld erioed, gan gynnwys rownd derfynol Cwpan Ewrop ar y teledu. Mae'n debyg nad oes cymaint o bobl yn rownd derfynol Cwpan y Byd ag sydd yn y gwersyll ffoaduriaid yma.

Na chymaint o lwch.

Dw i wedi edrych ym mhob man am faes pêl-droed, ond does dim un.

Dim ond pebyll. Miloedd ohonyn nhw. I bob cyfeiriad, dros y darn crasboeth yma o'r anialwch, mae pebyll o hen blastig neu gardfwrdd neu frigau neu ddefnydd.

Does dim plastig neu gardfwrdd gyda ni, felly rydyn ni'n defnyddio cot Dad i wneud pabell wedi'i chodi ar frigau. Does dim lle i ni i gyd yr un pryd felly rhaid i ni gymryd tro. Mae Mam a Bibi'n cysgu yno ar hyn o bryd, sy'n beth da achos mae'n rhoi cysgod rhag yr haul iddyn nhw am dipyn.

Mae Dad wedi mynd i geisio gweld sut gallwn fynd i Awstralia. Dw innau wedi bod wrthi hefyd. Rydyn ni wedi bod yma ers tri diwrnod a dw i wedi gofyn i lwythi o bobl a does dim un ohonyn nhw'n gwybod. Naill ai hynny neu maen nhw'n meddwl mai dim ond chwarae o gwmpas dw i.

Dyw pobl ddim yn cymryd plant o ddifrif weithiau, hyd yn oed mewn gwersylloedd ffoaduriaid.

O wel, o leiaf mae gen i ddigon o amser i ymarfer fy sgiliau pêl.

Troed, pen-glin, pen, troed.

'Eisiau prynu ychydig o ddŵr?'

Bachgen â wyneb diflas a photel blastig.

'Dim diolch,' meddaf.

Ers i ni gyrraedd y gwersyll yma, mae pobl wedi bod yn ceisio gwerthu pethau i ni. Dŵr. Bwyd. Hen ddillad. Neu'n ceisio prynu pethau oddi wrthon ni. Mae gwystlwyr ym mhobman, yn rhoi arian i bobl am eu heiddo fel y gallan nhw brynu'r pethau sydd eu hangen arnyn nhw. Drwy lwc mae Mam yn un dda am bacio, felly doedd dim angen i ni brynu dim. Heblaw am y brigau i'r babell.

'Dim ond pum deg sent America,' medd y bachgen, gan wthio'r botel lychlyd ataf. 'Nid dŵr golchi yw hwn, ond dŵr yfed.'

Mae'r bachgen yn edrych fel petai wedi bod yma ers tro. Efallai ei fod yn gwybod sut i fynd i Awstralia. Er ei fod e'n gwgu, mae'n edrych yn ddigon cyfeillgar yn y bôn.

'Eisiau chwarae?' meddaf wrtho.

Mae'r bachgen yn nodio, heb wenu.

Dw i'n cicio'r bêl ato.

Mae'n ei chodi ac yn rhedeg i ffwrdd â hi.

Dw i'n methu credu'r peth! Mae'n dwyn fy mhêl!

'Dere 'nôl!' gwaeddaf.

Dw i'n rhedeg fel y gwynt ar ei ôl.

Dyw rhedeg ar ôl rhywun fan hyn ddim yn hawdd. Rhaid i ti osgoi tryciau, gwasgu rhwng pebyll, neidio dros deuluoedd cyfain a gwneud yn siŵr nad wyt ti'n sathru ar unrhyw fatiau gweddïo neu faglu dros unrhyw eifr.

Drwy lwc dw i'n dda am wau fy ffordd drwy bethau. Yn well na'r bachgen, sy'n gweld fy mod yn agosáu. O'r diwedd mae'n gollwng y bêl ac yn dal i redeg.

Dw i'n codi'r bêl.

Dw i'n cael fy nhemtio i geisio dal y bachgen. Mae eisiau i rywun roi clatsien iddo a rhoi gwersi iddo am gyd-dynnu ag eraill. Trueni nad yw Yusuf yma.

Ond dw i ddim yn mynd ar ei ôl achos yr hyn dw i'n ei weld.

Dw i mewn rhan wahanol o'r gwersyll nawr. Dw i ddim wedi bod yn y rhan yma o'r blaen. Mae'r pebyll fan hyn yn fwy carpiog ac wedi treulio. Mae'r bobl yn wahanol hefyd. Yn lle coginio a siarad ac ysmygu a rhedeg i ffwrdd â pheli troed fel sy'n digwydd yn ein rhan ni o'r gwersyll, mae'r bobl hyn i gyd yn gorwedd.

Mae rhai ohonyn nhw'n griddfan.

Maen nhw'n edrych yn sâl.

Mae hyn yn ofnadwy. Mae angen help arnyn nhw.

Beth alla i wneud? Mae ychydig o foddion gyda

Mam, ond dim ond at gur pen a boliau tost. A does dim hanner digon i'r holl bobl hyn.

Dw i'n edrych o'm cwmpas mewn anobaith. Drwy'r niwlen o lwch, yn y pellter, dw i'n gweld tryciau'n symud yn araf ar hyd heolydd y gwersyll, yn dod â rhagor o bobl i mewn.

Mae un o'r tryciau'n wahanol i'r lleill. Tryc gwyn â chroes goch arno. Dw i'n gwybod bod cilgant coch yn golygu meddygon. Dw i'n gobeithio bod croes goch yn golygu hynny hefyd.

Dw i'n brysio draw at y tryc.

'Stopiwch,' gwaeddaf wrth i mi ddod yn nes.

Mae'r tryc yn fy anwybyddu. Mae'n dal i fynd. Dw i'n rhedeg ar ei ôl, yn ei oddiweddyd, ac yn rhoi ergyd ar ei foned.

Ond dyw e ddim yn stopio o hyd.

Dw i'n rhedeg o'i flaen ac yn aros i'w rwystro rhag mynd ymhellach. Nawr bydd yn rhaid iddo stopio neu fy mwrw i lawr.

Mae'n stopio.

Mae'r gyrrwr yn pwyso allan ac yn rhegi arnaf.

'Pobl sâl,' meddaf. 'Llwythi ohonyn nhw. Draw fan'na.'

'Ble?' medd y gyrrwr.

Dw i'n pwyntio.

Mae'r gyrrwr yn edrych draw'n gyflym, ac yna'n edrych arna i. 'Dydyn nhw ddim yn sâl,' medd ef. 'Eisiau bwyd sydd arnyn nhw. Rydyn ni wedi bod yn aros am wythnos am long â llwyth o fwyd.'

'O,' meddaf.

Mae bwyd gan Mam hefyd, bara yn bennaf, ond dim ond briwsionyn yr un fyddai i'r holl bobl hyn.

'Mae'r tryciau cymorth i fod i gyrraedd unrhyw bryd,' medd y gyrrwr. 'Rwyt ti'n edrych fel dyn ifanc sy'n poeni am bobl eraill. Wyt ti eisiau ein helpu ni i ddosbarthu bwyd?'

'Ydw,' meddaf. Yna dw i'n cofio rhywbeth. 'Os bydda i'n dal yma. Dw i'n mynd i Awstralia.'

Mae hyn yn creu argraff ar y gyrrwr. 'Awstralia?' medd ef. Mae'n galw dros ei ysgwydd. 'Hei, Gav, mae rhywun y dylet ti gwrdd ag e fan hyn.'

Mae dyn arall yn ymddangos o gefn y tryc, yn dod i eistedd wrth y gyrrwr ac yn edrych arnaf.

'Mae e'n mynd i Awstralia,' medd y gyrrwr, a phwyntio ataf.

Mae'r dyn arall yn gwenu. 'Awstralia yw'r wlad orau yn y byd,' medd ef.

Dw i'n syllu'n ôl. Dw i erioed wedi gweld rhywun â gwallt golau, llygaid glas a thrwyn coch o'r blaen. Ond mae ei lais yn swnio'n eithaf cyfarwydd. Fel y saethwyr yna o Awstralia sy'n chwarae i Leeds United. Mae'r dyn yma'n siarad fy iaith, ond dw i'n dal i adnabod yr acen. Mae baner nad ydw i'n ei hadnabod ar ei grys-T. Dw i wedi gweld y darn sydd mewn un cornel o'r blaen, ond mae'r gweddill yn las gyda sêr gwyn.

Rhaid mai dyn o Awstralia yw e.

Dw i mor gyffrous, dw i'n methu siarad yn iawn.

'Sut mae hi yn Awstralia?' gofynnaf iddo. Dw i'n codi fy mhêl droed. 'Oes unrhyw dimau da yno?'

Mae'r dyn o Awstralia'n chwerthin. 'Pêl-droed?' medd ef. 'Wrth gwrs. O'r lle dw i'n dod, mae Dubbo Abattoirs United yn curo pawb. Maen nhw wedi ennill Tlws Rhanbarth y Gorllewin am y naw mlynedd diwethaf.'

Dw i'n tynnu anadl mewn rhyfeddod. Mae hyn yn wych.

'Ydy merched yn cael chwarae pêl-droed yn Awstralia?' gofynnaf.

'Wrth gwrs,' medd ef, gan chwerthin. 'Mae'r llywodraeth eisiau iddyn nhw chwarae. Maen nhw'n gwario arian yn eu hannog nhw.'

Dw i'n tynnu anadl arall mewn rhyfeddod. Mae hyn yn well byth. Llywodraeth garedig, sy'n gofalu am ei phobl.

'Ac ydy pobl yn cael bod yn athrawon ac yn yrwyr tacsi a phobyddion?' gofynnaf.

Mae'r dyn yn gwenu. 'Yn bendant,' medd ef. 'Mae miloedd o ysgolion a miloedd o dacsis a miliynau o siopau cacennau.'

Trueni nad yw Mam a Dad a Bibi'n gallu clywed hyn.

'Felly mae digon o fwyd i bawb yn Awstralia?' meddaf.

'Llond bwcedi,' medd y dyn. 'Dyw'r archfarch-nadoedd byth yn cau. Ac yn well byth, os oes gwialen bysgota gyda ti, fe gei di ddal dy swper dy hunan.'

'Felly mae pobl yn Awstralia'n hapus?' meddaf.

'Hapus?' medd y dyn. 'Maen nhw'n dechrau chwerthin y peth cyntaf yn y bore a dydyn nhw ddim yn stopio am ddwy awr ar ôl iddyn nhw fynd i gysgu yn y nos.'

Dw i'n gallu gweld bod hynny'n wir. Mae'r dyn o Awstralia wedi bod yn chwerthin drwy'r amser wrth i ni siarad.

Mae angen i mi wybod un peth arall.

'Oes llawer o ffrwydron gyda chi yn Awstralia?' gofynnaf.

'Oes, yn wir,' medd y dyn.

Mae fy nghalon yn suddo ychydig.

'Llawer o ffrwydron,' medd y dyn. 'Yn arbennig yn y cloddfeydd. Mae rhai o'r cloddfeydd yn llawn o aur.'

Aur?

Dw i'n sefyll yn syfrdan wrth i'r dyn o Awstralia godi llaw arnaf ac wrth i'r tryc symud i ffwrdd.

Go lew, Mam a Dad.

Da iawn nhw am ddewis y wlad orau yn y byd. Hyd yn oed lle maen nhw'n defnyddio ffrwydron, mae aur yno. Felly, os yw dy goesau'n cael eu chwythu i ffwrdd, rwyt ti'n gallu fforddio biliau'r ysbyty a'r gadair olwyn.

Mae'n rhaid i mi roi'r newyddion da i Mam a Dad.

Dw i'n dechrau mynd am 'nôl i'r cyfeiriad y rhedais ohono, gan bigo fy ffordd rhwng y pebyll, ond ar ôl tipyn, dw i ddim yn siŵr ai o'r cyfeiriad yma y rhedais i.

Dw i'n mynd i gyfeiriad arall.

Ac un arall.

Dim golwg o'n pabell ni.

Dw i'n gofyn i bobl, ond dydyn nhw ddim wedi'i gweld hi chwaith.

Mae ofn yn cydio yn fy ngwddf wrth i mi fynd heibio i afr deircoes dw i wedi'i gweld o'r blaen. Dw i'n sylweddoli fy mod i wedi bod yn cerdded mewn cylchoedd. Dw i'n dechrau rhedeg yn wyllt, yn bwrw i mewn i bobl ac yn sathru ar bethau. Dw i'n rhedeg am oesoedd nes bod fy mrest yn rhy boenus a dw i'n dal heb ddod o hyd i'n pabell ni.

Paid byth â rhoi'r ffidl yn y to, meddaf wrthyf fy hun, hyd yn oed pan fydd pethau'n edrych yn ddu.

Ond weithiau dwyt ti ddim yn gwybod beth arall i'w wneud.

Dw i'n eistedd fan hyn ar fy mhêl-droed yn y llwch poeth, ar fy mhen fy hun yng nghanol miloedd o bobl, yn meddwl tybed a gaf weld Mam a Dad a Bibi byth eto.

Pa fath o ryfelwr yr anialwch dw i?

Dw i ddim hyd yn oed yn gallu dod o hyd i'r ffordd adref.

16

Mae hynafiaid Dad yn rhoi syniad i mi.

Bara.

Os dw i'n pobi bara, bydda i nid yn unig yn gallu bwydo'r bobl newynog yn y gwersyll yma, ond bydd yr arogl yn denu Dad. Mae'n gallu arogli bara'n pobi tua phum deg cilometr i ffwrdd. Mae bara yn ei waed.

Mae angen blawd, a dŵr, a halen, a ffwrn arna i.

Dw i'n neidio i fyny ac yn edrych o gwmpas y rhesi llychlyd o bebyll. Dw i'n gallu adeiladu ffwrn o lwch. Dysgodd Dad fi. Mae'n siŵr y bydd person caredig yn gadael i mi ddefnyddio eu blawd a'u dŵr os byddaf yn gadael iddyn nhw gael yr ychydig dorthau cyntaf.

Ond o ble gaf i halen?

Pan fyddi di'n ffoi am dy fywyd, dwyt ti ddim yn ffwdanu pacio halen. Mae'n debyg nad oes gronyn o halen yn y gwersyll i gyd.

Dw i'n eistedd ar fy mhêl-droed eto. Mae hyn yn anobeithiol. Dw i'n methu bod yn bobydd da, hyd yn oed. Dw i'n rhoi fy mhen yn fy nwylo. Mae chwys a dagrau'n rhedeg i lawr fy wyneb ac i'm ceg.

Ie.

Halen.

Cyn i mi allu gweiddi mewn buddugoliaeth, mae llaw yn cydio yn fy llaw i.

Nid Mam neu Dad neu Bibi sydd yno, ond y bachgen geisiodd ddwyn fy mhêl. Dw i'n tynnu fy llaw i ffwrdd, ond mae'n cydio ynddi eto ac yn fy nhynnu ar fy nhraed. Mae'n gryf iawn o ystyried ei faint. Rhaid ei fod e'n hyfforddi i fod yn gôl-geidwad. Efallai mai dyna pam mae'n edrych mor ddiflas. Mae gôl-geidwaid yn byw o dan dipyn go lew o bwysau.

'Fe af â ti 'nôl at dy deulu,' medd ef.

'Diolch,' meddaf. Roeddwn i'n iawn, un cyfeillgar yw e yn y bôn.

'Am ddoler,' medd ef. 'Doler America.'

Mae fy nghalon yn suddo.

'Does gen i ddim doler,' meddaf, ac yna dw i'n edifaru i mi ddweud dim.

'O'r gorau,' medd ef. 'Y bêl.'

Dw i'n cydio'n dynn yn fy mhêl. Ond dyw'r bachgen ddim yn ceisio mynd â hi. Yn lle hynny mae'n fy nhynnu gerfydd fy llaw, ac yn igam-ogamu rhwng y pebyll. Mae'n amlwg yn adnabod llawer o bobl, o weld yr holl rai sy'n gwgu ac yn rhegi arno.

Dw i'n penderfynu ymddiried ynddo.

Does gen i ddim i'w golli.

Dim byd, dim ond bod doler gan Mam a Dad.

Mae'r bachgen yn fy arwain allan i un o brif heolydd y gwersyll wrth i gar modern, mawr yrru heibio. Dw i'n meddwl tybed pam byddai unrhyw un â char fel yna mewn lle fel hwn.

Mae'r car yn stopio.

Mae'r bachgen yn gweiddi. 'Dere.'

Yn sydyn mae'n fy llusgo tuag at y car. Dyma'r tro cyntaf dw i'n ei weld yn edrych yn gyffrous am unrhyw beth.

'Beth sy'n digwydd?' gofynnaf.

'Y Cenhedloedd Unedig,' medd ef.

Mae dau ddyn wedi'u gwisgo fel rheolwyr tîm pêl-droed Uwch Gynghrair Lloegr yn dod o'r car. Mae pobl yn gwthio heibio i ni, yn chwifio darnau o bapur ac yn gweiddi ar y dynion.

'Mae pobl y Cenhedloedd Unedig yn rhoi tocynnau i bobl o fan hyn,' medd y bachgen. 'Dere.' Mae'n ei daflu ei hunan i'r dyrfa, gan fy llusgo ar ei ôl.

Dw i'n methu credu fy lwc.

Mae'r bobl yma'n gallu fy helpu i a Mam a Dad a Bibi i gyrraedd Awstralia. A'r bachgen yma hefyd os ydy e eisiau dod. Dw i'n dychmygu wynebau Mam a Dad wrth i mi roi'r tocynnau iddyn nhw.

'Esgusodwch fi,' gwaeddaf ar ddynion y Cenhedloedd Unedig. 'Hoffwn i gael pump, plîs.'

Dw i ddim yn credu eu bod nhw'n gallu fy nghlywed i.

Mae'r bachgen wedi gollwng fy llaw ac mae'n ceisio gwingo drwy'r dyrfa at y dynion. Dw innau'n ceisio'i ddilyn, ond mae'r dyrfa'n gwasgu gormod. Mae cannoedd o bobl nawr, yn gweiddi, yn gwthio, yn ymbil, yn erfyn.

Mae dynion y Cenhedloedd Unedig yn ceisio mynd i'r swyddfa fach goncrit. Ond dyw'r dyrfa ddim yn gadael iddyn nhw. Mae pobl yn bwrw clipfyrddau a phlygellau dynion y Cenhedloedd Unedig o'u dwylo. Mae darnau o bapur yn hedfan i bobman.

'Esgusodwch fi,' gwaeddaf hyd yn oed yn uwch.

Mae hyn yn anobeithiol. Dydyn nhw ddim hyd yn oed yn gwybod fy mod i yma. Mae'n rhaid i mi ddod o hyd i ffordd o ddenu eu sylw.

Dw i'n gwybod.

Sgiliau pêl.

Gallaf ddangos i ddynion y Cenhedloedd Unedig y byddaf yn medru gwneud cyfraniad i chwaraeon a chymdeithas Awstralia. Mae'n rhaid eu bod nhw'n hoffi pêl-droed neu fyddai dim Unedig yn eu henw nhw.

Ond y drafferth yw fy mod i'n cael fy ngwasgu. Mae fy mhêl yn sownd yn erbyn fy mrest. Dw i ddim yn gallu ei symud hi at fy nhroed, hyd yn oed.

'Hei,' gwaeddaf ar y dyrfa. 'Peidiwch â gwthio. Dw i'n ceisio chwarae pêl-droed.'

Dydyn nhw ddim yn fy nghlywed i.

Mae dynion y Cenhedloedd Unedig yn gweiddi ar y dyrfa hefyd, ond dyw'r dyrfa ddim yn gwrando arnyn nhw chwaith.

O na.

Mae dynion y Cenhedloedd Unedig yn ceisio gwneud eu ffordd yn ôl i'w car. Maen nhw'n llwyddo i gau'r drysau. Mae'r car yn gwthio'n ôl drwy'r dyrfa. Mae'n gyrru i ffwrdd.

'Dewch 'nôl,' gwaeddaf.

Dyna beth mae pawb arall yn gweiddi hefyd.

Mae rhai cannoedd o bobl yn rhedeg ar ôl y car, ond dydyn nhw ddim yn ei ddal. Dw i ddim yn trafferthu. Mae'n well gen i ddefnyddio fy egni i dynnu sawl anadl ddofn a dod dros y siom.

A meddwl am gynllun newydd.

Fel mynd draw i le'r Cenhedloedd Unedig yn y bore a dangos fy sgiliau pêl i'r dynion wrth iddyn nhw fynd i'w gwaith. Tybed a ydy'r bachgen yna'n gwybod ble maen nhw'n byw?

Wrth i'r dyrfa fynd yn ôl i'w pebyll, dw i'n ceisio dod o hyd i'r bachgen diflas ond does dim sôn amdano yn unman.

Dw i'n cerdded am oesoedd.

Dim sôn amdano.

Dw i'n dechrau chwilio am le da i adeiladu ffwrn fara.

Wedyn dw i'n ei gweld hi. Ein pabell ni, gyda Mam a Bibi'n sefyll y tu allan.

Dw i'n agor fy ngheg i roi gwaedd o hapusrwydd a rhyddhad.

Ond mae'r hapusrwydd yn mynd yn sownd yn fy ngwddf pan welaf rywbeth arall. Rhywbeth wrth y babell y mae Mam a Bibi'n ei wylio â golwg bryderus ar eu hwynebau. Rhywbeth sy'n gwneud i mi deimlo'n sâl gan arswyd.

Dad, a heddlu mewn iwnifform yn sefyll o'i gwmpas.

17

Mewn chwinciad dw i'n gweld beth sydd wedi digwydd.

Mae ysbiwyr gan ein llywodraeth ni ym mhob man. Dysgodd Mam hyn i ni yn yr ysgol. Roeddwn i'n meddwl ei bod hi'n gorliwio'r sefyllfa, ond nawr dw i'n sylweddoli ei bod hi'n iawn. Rhaid eu bod nhw yma yn y gwersyll ac maen nhw wedi gweld Dad ac wedi dweud wrth y plismyn lleol i'w arestio.

Dw i'n rhewi yn yr unfan, yn ceisio meddwl ar frys gwyllt sut i helpu Dad. Mae drylliau gan y plismyn i gyd. Petawn i'n symud yn sydyn, gallwn gael fy lladd. Ond bydd rhaid i mi wneud rhywbeth achos os na wnaf i, bydd Bibi'n gwneud, a bydd hi'n well gennyf os mai fi sy'n cael fy saethu, nid hi.

Dw i'n cerdded yn araf tuag at yr heddlu, gan geisio atal yr ofn rhag mygu fy llais.

'Peidiwch â'i arestio fe,' ymbiliaf. 'Rydyn ni'n mynd i Awstralia. Fydd Dad ddim yn dechrau ysgol arall cyn i ni adael, wir i chi.'

Mae'r pedwar plismon yn edrych arnaf â llygaid bach.

'Plîs,' erfyniaf. 'Mae e wedi gwerthu'r tacsi fel

na fydd yn cael ei demtio i yrru heb oleuadau brêc eto.'

Wrth i mi nesu, dw i'n gallu gweld yr olwg ar wyneb Dad. Fel roeddwn i'n disgwyl, mae'n edrych fel petai'n ymbil. Ond nid ar yr heddlu. Arnaf i.

Dw i'n aros, dw i wedi drysu. Mae Mam yn dod wrth fy ochr ac yn rhoi ei braich amdanaf.

'Jamal,' medd hi'n dawel. 'Mae popeth yn iawn.'

Dw i'n troi i ofyn iddi beth sy'n digwydd. Ond dw i ddim yn gwneud achos dw i'n synnu at yr hyn dw i'n ei weld.

Mae wyneb Mam yn noeth. Does dim dillad am ei hwyneb o gwbl. Dw i ddim yn credu fy mod erioed wedi'i gweld hi allan o'r tŷ â'i hwyneb yn noeth. Dw i ddim yn ei beio hi. Ar adeg fel hyn fyddwn innau ddim yn meddwl am wisgo'n iawn chwaith.

Mae Mam yn edrych yn bryderus ar Dad, a dw innau'n edrych arno eto hefyd. Rwy'n ei weld yn rhoi llond dwrn o arian papur i un o'r plismyn.

Dw i'n deall nawr.

Dyw Dad ddim yn cael ei arestio.

Mae'n talu'r plismyn i beidio â'i arestio.

Diolch byth.

Ond ble yn y byd cafodd e gymaint o arian? Rhaid ei fod wedi cael mwy o arian nag oeddwn i'n ei feddwl am y tacsi. Efallai na sylweddolodd y bobl a'i prynodd fod un o'r drysau'n wyrdd o dan y paent coch a bod y sedd gefn yn drewi o gadachau olew wedi llosgi a bod y llawr yn friwsion i gyd.

Dw i'n gwylio'r plismon yn cyfri'r arian. Mae'r plismyn eraill yn gwylio'n ofalus hefyd, rhag ofn iddo wneud camgymeriad. Mae'r plismon yn gorffen cyfrif, yn rhoi'r arian yn ei grys, yn dweud rhywbeth wrth Dad, ac yna'n cerdded i ffwrdd gyda'r plismyn eraill.

Mae'r holl bobl o'n cwmpas yn cuddio yn eu pebyll.

'Dw i'n casáu'r plismyn yna,' poera Bibi. 'Dw i'n gobeithio y byddan nhw'n gwario'r holl arian ar ffigys ac yn cael dolur rhydd.'

Dw i'n edrych yn gas ar Bibi. Dw i wedi ei rhybuddio hi rhag sarhau dyfarnwyr ac mae hyn yn fwy peryglus hyd yn oed.

Mae Dad yn dod draw atom, yn llawn gofid.

'Paid â phoeni, Dad,' meddaf. 'Maen nhw wedi mynd.'

Dyw hynny ddim fel petai'n codi'i galon, ac yn sydyn dw i'n sylweddoli pam. Beth petaen nhw'n dod yn ôl yfory i'w arestio eto? Neu drennydd? Neu os bydd rhai o'r plismyn eraill i lawr yng ngorsaf yr heddlu yn clywed am hyn ac eisiau ychydig o arian hefyd?

Does dim rhagor o arian gan Dad.

Dw i'n syllu ar fy mhêl-droed a meddwl tybed a allaf ei gwerthu am ddigon o arian i achub Dad. Dw i ddim yn credu bod hynny'n bosibl, ddim hyd yn oed os bydd y gwystlwyr yn gweld lle dw i wedi ysgrifennu 'Manchester United am Byth' arni ac yn meddwl mai pêl go iawn o Manchester United yw hi, un y mae Rooney wedi'i chicio â'i droed ei hunan.

Mae syniad gwaeth fyth yn fy nharo. Beth os yw'r llywodraeth yn cynnig gwobr am ladd Dad? Beth petai'r plismyn yn dod 'nôl a lladd Dad?

Nawr dw i'n poeni cymaint fel bod cur yn fy mhen.

Mae Mam yn rhoi'i llaw ar foch Dad. 'Pryd gawn ni fynd?' medd hi.

'Mewn diwrnod neu ddau,' medd Dad.

Dw i'n syllu arnyn nhw. Am beth maen nhw'n siarad?

'Dyw Jamal ddim yn gwybod am beth rydych chi'n sôn,' medd Bibi.

Mae Dad yn troi ataf. 'Mae'r plismyn 'na,' medd ef, gan redeg ei law dros fy ngwallt. 'Maen nhw'n adnabod pobl sy'n gallu mynd â ni i Awstralia.'

Mae'n cymryd eiliad i ddeall beth ddwedodd e. Yna mae'r waedd aeth yn sownd o'r blaen yn dod allan.

Mae Mam yn rhoi'i llaw dros fy ngheg ac yn edrych ar y pebyll eraill. Mae'n siŵr ei bod hi'n poeni bod rhai o'r bobl sydd heb arian i fynd i Awstralia'n teimlo'n drist ac yn anhapus. Mae hi bob amser yn meddwl am bobl eraill.

Dw i'n tynnu llaw Mam i ffwrdd o'm ceg. 'Felly

rydyn ni'n mynd i Awstralia?' sibrydaf wrth Dad. 'Mewn diwrnod neu ddau?'

Mae Dad yn nodio.

Dw i'n ei gofleidio ac yn cofleidio Mam. Mae Mam yn edrych yn gas arna i. 'Aros yn y babell,' medd hi. 'Chei di ddim rhedeg i ffwrdd eto.'

Dw i ddim yn gallu ei chlywed hi'r tro cyntaf achos bod rhes o dryciau bwyd yn chwyrnu heibio. Mae'n dweud hynny eilwaith. Dw i'n cydio yn Bibi ac yn mynd â hi i'r babell ac yn dweud wrthi am yr holl bethau gwych dw i wedi'u darganfod am Awstralia. Dubbo Abattoirs United a'r siopau cacennau a'r bobl hapus a'r ffrwydron aur.

A'r merched sy'n chwarae pêl-droed.

Mae'r cyfan yn ormod i Bibi, braidd.

'Dw i ddim yn mynd i yfed te o fwced,' medd hi.

'Efallai na ddeallais i'r rhan yna'n iawn,' meddaf.

Mae golwg o ryddhad ar ei hwyneb.

Dw i mor hapus a chyffrous, gallwn chwarae gêm am ryw chwe awr ar faes maint llawn gyda thimau a phopeth heb flino o gwbl.

Dim ond un peth sy'n fy mhoeni.

Pam nad yw Mam yn fwy bodlon? Dw i'n gallu ei gweld yn ei chwrcwd y tu allan i'r babell yn siarad â Dad. Mae hi'n edrych mor ddiflas. Druan â hi. Rhaid mai dyna fel mae pobl am dipyn ar ôl iddyn nhw fod yn agos at gael eu lladd. A rhaid eu bod hi'n gweld eisiau ei ffrindiau yn y pentref hefyd. Dw i'n gweld eisiau fy rhai i.

'Dyna'r drwg, mae'n rhaid,' meddaf wrth Bibi. 'Mae popeth yn mynd mor dda, beth arall allai fod o'i le?'

'Rhywbeth arall gwael nad ydyn ni wedi cael gwybod beth yw e eto?' medd Bibi.

Dw i'n ochneidio.

Chwiorydd bach. Efallai eu bod nhw'n dda am chwarae pêl-droed, ond dydyn nhw ddim cystal am fod yn hapus.

18

Dw i erioed wedi bod mewn maes awyr o'r blaen.

Gwelais un ar y teledu unwaith. Roedd Lerpwl yn hedfan i chwarae yn erbyn Milan. Rhoddodd y chwaraewyr eu bagiau i mewn wrth gownter mawr ac yna mynd i ystafell gyda chnau a diodydd i aros am yr awyren ac ymestyn eu coesau.

Dw i ddim yn credu y byddwn ni'n mynd i ystafell gyda chnau a diodydd. Mae ein gyrrwr bws newydd roi arian i gard wrth glwyd a nawr rydyn ni'n gyrru ar y rhedfa.

Rhaid mai ein hawyren ni yw honna sydd wedi'i pharcio draw fan'na.

'Diolch i Dduw,' medd Mam. Ac mae nifer o bobl eraill ar y bws yn diolch Iddo hefyd.

Dw i'n gwybod pam. Rydyn ni wedi bod ar y bws poeth gorlawn yma am hanner y nos. Dw i wedi ceisio codi calon Mam drwy hel atgofion melys am ei ffrindiau yn y pentref. Ond dyw hynny ddim wedi gweithio dros yr ychydig oriau diwethaf. Ddaeth dim gwên i'w hwyneb hyd yn oed pan adroddais i'r stori am afr Fatima'n bwyta barf tad Fatima tra oedd yn cysgu. Fel arfer mae hi'n chwerthin yn braf wrth glywed honna.

'Pawb allan,' medd y gyrrwr.

Mae pawb yn baglu oddi ar y bws ac ar y rhedfa, sy'n boeth o dan ein traed er ei bod hi'n nos.

Mae'r awel yn gynnes hefyd, ac o flaen goleuadau'r maes awyr mae Dad yn edrych fel un o ryfelwyr yr anialwch gyda'i sgarff yn chwyrlïo o gwmpas ei ysgwyddau.

Mae'r gyrrwr a dyn arall yn taflu ein bagiau i gyd ar y tarmac.

'Hei,' medd Bibi. 'Byddwch yn ofalus. Mae doliau yn fy mag i.'

Maen nhw'n ei hanwybyddu ac yn mynd yn ôl ar y bws.

'Esgusodwch fi,' gwaedda Dad arnyn nhw wrth i'r bws ddechrau gadael. 'Dydych chi ddim yn dod hefyd?'

Mae'r gyrrwr yn gwthio'i ben drwy'r ffenest. 'Fe fydd rhywun yn cwrdd â chi ar ôl y daith yn yr awyren ac yn mynd â chi i'r cwch,' gwaedda wrth i'r bws yrru i ffwrdd.

Cwch?

Dyma'r tro cyntaf i mi glywed am gwch. Efallai nad oes llawer o feysydd awyr yn Awstralia.

Mae Mam a Dad a llawer o bobl eraill yn syllu ar y bws wrth iddo fynd allan drwy'r glwyd. Dyw Dad ddim yn edrych fel un o ryfelwyr yr anialwch nawr. Mae'i ysgwyddau'n isel. Mae pawb arall yn edrych yn eithaf pryderus hefyd.

'Gobeithio y gallwn ni ymddiried yn y smyglwyr 'na,' medd Mam o dan ei hanadl.

Smyglwyr?

Mae hynny'n egluro popeth. Fyddai'r Cenhedloedd Unedig byth yn cnoi gwreiddyn licris a phoeri mewn cerbyd. Ac yn sicr fydden nhw byth yn taflu bagiau pobl o gwmpas.

'Paid â phoeni,' meddaf wrth Mam. 'Mae'n debyg eu bod nhw eisiau cyrraedd 'nôl cyn i'r plismyn wario'r arian i gyd.'

Dyw hyn ddim fel petai'n gysur mawr i Mam.

Rydyn ni i gyd yn sefyll wrth ochr y rhedfa, yn meddwl beth i'w wneud nesaf.

'Efallai y dylwn ni ofyn i rywun,' medd dyn.

Dyw e ddim yn syniad ffôl, ond dw i'n gallu gweld beth mae Dad yn ei feddwl. Beth fydden ni'n ei ddweud? Esgusodwch ni, rydyn ni'n cael ein smyglo i Awstralia, ond dydyn ni ddim yn gwybod ble i fynd nesaf?

'Fe arhoswn ni,' medd Dad.

'Dw i'n meddwl ei bod hi'n well i ni fynd ar yr awyren,' medd Mam. Mae hi'n dechrau codi ein bagiau.

Mae Dad yn ochneidio. Mae rhai dynion yn y pentref yn mynd yn gas pan fydd eu gwragedd yn dadlau â nhw, ond fydd Dad byth yn gwneud. Dyna un o'r pethau gwych amdano. Hynny a'r siapau camelod mae e'n gallu eu gwneud â'i ddwylo.

Mae Dad a Bibi a minnau'n codi gweddill ein bagiau. Mae pobl eraill yn codi eu bagiau nhw ac rydyn ni i gyd yn dechrau cerdded tuag at y grisiau yng nghefn yr awyren.

Mae Mam yn dal i edrych yn ddiflas iawn.

Yn sydyn dw i'n sylweddoli beth sy'n ei phoeni. Dydyn ni erioed wedi hedfan mewn awyren o'r blaen. Yr unig awyrennau rydyn ni wedi'u gweld yn agos yw'r rhai sydd wedi'u saethu i'r llawr yn yr anialwch, yn llawn tyllau bwledi.

Mae Mam yn teimlo'n ofnus.

Dw i'n gwasgu llaw Mam. 'Paid â phoeni,' sibrydaf. 'Fydd ein hawyren ni ddim yn cael ei saethu i lawr.'

Does dim angen i mi ei hatgoffa bod ein canhwyllbren gyda ni. Yr hen grair teuluol sydd wedi ein cadw'n ddiogel rhag cyrchoedd awyr a ffrwydron tir a'r brêcs anwadal ar dacsi Dad.

Mae hi'n siŵr o gofio pan fyddwn ar yr awyren a hithau'n gallu ymlacio.

'Arhoswch!'

Llais cas, yn gweiddi ar draws y rhedfa.

Mae nifer o ddynion mewn iwnifform yn rhedeg tuag atom. Mae un yn dal rhywbeth sy'n edrych fel cleddyf, ond mai dolen drwchus o weiren yw'r llafn ac mae goleuadau coch yn fflachio ar y ddolen.

Mae fy nghalon yn stopio a dw i'n ceisio ymbaratoi i'w cadw draw tra bydd Dad a Mam a Bibi'n rhedeg am eu bywydau. Ond dyw'r dynion ddim yn cydio ynom, maen nhw'n cydio yn ein bagiau. Ac mae un ohonyn nhw'n dechrau chwifio'r cleddyf dros un o'r bagiau.

'Popeth yn iawn,' medd Dad o dan ei anadl. 'Dim ond gwneud yn siŵr nad ydyn ni'n cario arfau.'

'Does gen i ddim arfau,' medd Bibi'n ffyrnig wrth gard diogelwch.

Mae un gard yn dweud rhywbeth mewn cymysgedd o ieithoedd ac yn pwyntio at ddrws bach yn ochr yr awyren. Dw i'n sylweddoli ei fod yn dweud bod rhaid i'r bagiau fynd i mewn yno.

'Na,' medd Dad. Mae'n dal yn dynn yn y bag. Dw i'n gwybod beth sy'n ei boeni. Mae wedi clywed gormod o storïau am deithwyr yn rhoi bagiau yng nghistiau tacsis a byth yn eu gweld nhw eto.

Mae'r gard diogelwch yn edrych yn grac. Mae'n dweud nad oes hawl cael pethau metel mewn bagiau.

'Dim byd metel,' medd Dad.

Mae'r gard diogelwch â'r cleddyf yn rhythu'n gas ar Dad ac yn llithro'r cleddyf dros bob ochr o bob bag. Wrth iddo fynd at fag Mam, dw i'n cofio am y ganhwyllbren. Metel yw hi ar wahân i'r gemau. Bydd y cleddyf yn dod o hyd iddi, hyd yn oed os yw hi wedi cael ei lapio mewn dillad isaf brwnt.

Dw i'n syllu'n bryderus ar y goleuadau coch yn fflachio.

Ond does dim larwm yn canu.

Dyw'r gardiau diogelwch ddim yn neidio arnom.

Does dim o'r fath beth yn digwydd.

Mewn ffordd, dw i eisiau i hynny ddigwydd. Oherwydd mae'r hyn sy'n digwydd yn waeth, hyd yn oed. Y teimlad sâl sy'n dod wrth i mi gydio ym mag Mam. Ac ymbalfalu'n wyllt am y ganhwyllbren galed. A sylweddoli nad yw hi yno.

Mae Mam yn mynd â'i bag heb edrych arnaf.

Nawr, mae'r teimlad sâl yn wael iawn. Nawr, dw i'n deall o ble ddaeth yr arian roddodd Dad i'r plismyn.

Bu'n rhaid i Mam werthu ein canhwyllbren. Ein hen ganhwyllbren werthfawr sydd wedi cadw ein teulu'n ddiogel am gannoedd o flynyddoedd.

'Mae'n ddrwg gen i,' sibryda Mam.

Dw i'n gwybod nad oedd dewis ganddi. Dw i'n gwybod mai dyna'r unig ffordd iddi ein cael ni'n ddiogel. A nawr dw i'n gwybod pam mae hi mor ddiflas.

Does dim i'n gwarchod ni mwyach.

Rydyn ni ar fin mynd ar awyren a rhoi ein bywydau yn nwylo troseddwyr o smyglwyr a dyw ein hynafiaid ni ddim yn ein gwarchod ni mwyach.

19

Mae'r awyren yn codi.

Dylem fod yn gyffrous achos mai dyma'r tro cyntaf i ni hedfan. Dylen ni fod wrth ein boddau achos ein bod yn ddiogel a gyda'n gilydd. Dylen ni fod yn hapus am ein bod ar ein ffordd i Awstralia.

Ond dydyn ni ddim.

Rydyn ni'n eistedd yma mewn tawelwch llwyr. Wel, nid tawelwch llwyr achos mae'r injans yn rhuo ac mae'r rhan fwyaf o'r seddi a phaneli'r waliau a'r cypyrddau uwch ein pennau a'r ffitiadau goleuo'n gwneud twrw. Ond dydyn ni ddim yn dweud dim.

Yn fy ymyl, mae Mam â'i llygaid ynghau ac o'n blaenau ni mae Dad â'i fraich am Bibi, ond mae'n syllu drwy'r ffenest.

Mae'n dal yn dywyll y tu allan a does dim golwg o ffrwydradau neu fwledi felly dw i ddim yn siŵr ar beth mae'n edrych. Mae'n meddwl am yr un pethau trist â mi, siŵr o fod. Am adael ein cartref a'n ffrindiau a'n canhwyllbren.

Er mwyn tynnu fy meddwl oddi ar y ganhwyllbren, dw i'n ceisio dychmygu beth mae Yusuf yn ei wneud nawr. Mae'n cysgu, siŵr o fod.

Yn breuddwydio am ei bêl droed yn ddarnau mân.

Mae hynny'n gwneud i mi deimlo'n dristach fyth.

Pan fyddaf i'n cyrraedd Awstralia dw i'n mynd i gael swydd ran amser a phrynu'r bêl droed orau yn y byd i Yusuf a'i hanfon ato. Byddaf yn ei haddurno fel bod y llywodraeth yn meddwl mai mat gweddïo i'w chwythu i fyny yw hi. A byddaf yn anfon casetiau gan Dolly Parton wedi'u cuddio mewn blychau ffrwydron tir o Awstralia at dad-cu Yusuf.

Beth oedd hwnna?

Mae drws un o'r cypyrddau uwch ein pennau newydd gwympo i ffwrdd. Mae'r awyren yn rhy hen i'r holl ysgwyd a hercian.

Dw i'n eistedd wrth ffenest fel Dad, ond dw i ddim yn edrych allan. Dw i'n rhy ofnus, wrth i ni godi i'r awyr mewn hen awyren heb hynafiaid.

Mae llawer o'r teithwyr eraill yn swnio'n ofnus hefyd. Maen nhw'n gweddïo'n uchel. Dw i ddim yn eu beio nhw. Roedd rhaid iddyn nhw hefyd werthu eu canwyllbrennau i brynu eu tocynnau, siŵr o fod.

Dw i'n meddwl i'r criw ar yr awyren hon fod yn eithaf anystyriol cyn i ni godi i'r awyr, yn sôn am fasgiau ocsigen a siacedi achub a beth i'w wneud mewn argyfwng wrth griw o bobl sy'n teimlo'n ddigon nerfus beth bynnag.

Wwww. Wrth i'r awyren godi, mae dy stumog

di'n mynd i lawr. All hynny ddim bod yn iach iawn, yn enwedig i bobl hŷn fel Mam a Dad. Gallai effeithio ar eu ffitrwydd nhw.

Mae cymalau bysedd Mam yn wyn wrth iddi gydio'n dynn yn ochr ei sedd.

Dw i'n rhoi fy llaw dros ei llaw hithau.

'Mae popeth yn iawn, Mam,' meddaf. 'Mae'r awyren yn fwy diogel nag y mae'n edrych. Mae'r gynnau peiriant a'r rocedi mewn cypyrddau cudd. Os bydd rhywun yn ymosod arnon ni, maen nhw'n dod allan yn awtomatig.'

'Awyren i deithwyr yw hon, Jamal,' medd Mam heb agor ei llygaid. 'Does dim gynnau peiriant a rocedi mewn awyrennau i deithwyr.'

Mae gen i deimlad ofnadwy ei bod hi'n iawn. Welais i ddim unrhyw arfau wrth i ni ddod ar yr awyren. A dw i wedi edrych ar y cerdyn diogelwch ym mhoced y sedd a does dim un o'r lluniau'n dangos un gwn peiriant neu roced. Dw i'n methu credu'r peth. Rhaid bod awyren o'r maint yma wedi costio miliynau. Mae'n warthus eu bod nhw'n ceisio arbed ychydig o ddoleri drwy beidio rhoi arfau arni.

Mae Bibi'n troi o gwmpas yn ei sedd.

'Mae bomiau arni, siŵr o fod,' medd hi.

Dw i'n ochneidio. Mae calon Bibi yn y lle iawn, ond weithiau mae hi'n gwneud pethau'n waeth.

'Awyren i deithwyr yw hon,' meddaf, yn rhannol wrthi hi, ond yn bennaf er mwyn i Mam glywed. 'Dyw awyrennau i deithwyr ddim yn gadael eu llwybrau hedfan a mynd ar gyrchoedd bomio. Ddim os nad oes gynnau peiriant a rocedi arnyn nhw i'w hamddiffyn eu hunain.'

Mae Bibi'n tynnu'i thafod allan arnaf.

Mae llygaid Mam yn dal ar gau, ond mae hi'n edrych wedi ymlacio ychydig yn fwy nawr a minnau wedi ei chysuro.

Wrth i'r awyren fynd ar wib i'r nos ddu, dw i'n sylweddoli mai dyma beth fydd rhaid i ni ei wneud o hyn allan.

Heb ganhwyllbren i ofalu amdanon ni, bydd rhaid i ni ofalu am ein gilydd.

20

Mae'r smyglwyr yma'n hollol annheg.

Yn gyntaf maen nhw'n ein cadw ni mewn tŷ poeth a chlòs am oesoedd gyda dim ond un pryd o nwdls y dydd. Wedyn maen nhw'n ein cadw ni ar y cei yma am noson gyfan, fwy neu lai. Dydyn nhw ddim fel petaen nhw'n sylweddoli ein bod ni mewn perygl. Byddai un cip ar wyneb Dad yn dweud wrthyn nhw.

'Dad,' meddaf. 'Wyt ti'n meddwl bod y llywodraeth wedi anfon awyrennau ysbïo ar ein holau ni?'

'Na, Jamal,' medd ef, gan roi'i fraich amdanaf. 'Paid â phoeni, fachgen. Mae'r llywodraeth yn ddigon pell nawr.'

Ond mae'n edrych fry i'r awyr.

Dw i'n gwybod beth mae'n ei ddweud mewn gwirionedd. Fyddwn ni ddim yn ddiogel tan i ni gyrraedd Awstralia. Wedyn gallwn ni ymlacio. Bydd llywodraeth Awstralia'n gofalu amdanon ni. Mae llywodraeth sy'n gadael i ferched chwarae pêl-droed yn llawer rhy deg i adael i fwlio ddigwydd.

Dw i'n edrych ymlaen yn fawr at gyrraedd yno.

Y peth rhwystredig iawn yw bod ein cwch i

Awstralia mor agos. Dim ond ochr draw'r ffens yna.

Cychod, a dweud y gwir. Mae dau ohonyn nhw. Diolch byth. Mae cannoedd ohonom fan hyn. Byddai'n amhosib i ni i gyd fynd ar un cwch. Ddim â'r rhwydi pysgota mawr 'na'n gorchuddio hanner y deciau.

Trueni bod eu hochrau pren yn edrych mor ddi-raen. Mae'r ddau gwch yn edrych fel petaen nhw wedi treulio'r ugain mlynedd diwethaf yn gorwedd yn yr anialwch ar ôl brwydr.

'Mam,' medd Bibi. 'Pa un yw ein cwch ni?'

Mae Mam yn tynnu anadl ddofn.

Dyna'r miliynfed tro i Bibi ofyn.

Am eiliad, mae Mam yn edrych fel petai hi'n mynd i gydio ym mhenwisg Bibi a'i defnyddio i'w thagu. Wedyn, gan ei bod hi'n fam wych, mae'n cofio ein bod ni wedi bod yn teithio am oesoedd ac mai dim ond naw oed yw Bibi a bod brech sy'n cosi ar ei breichiau.

'Dere 'ma, cariad,' medd Mam. 'Gad i mi chwythu arno fe i'w oeri.'

'Fe gawn ni wybod pa un yw'n cwch ni cyn hir,' medd Dad. 'Rydych chi blant yn wych. Byddwch yn amyneddgar am ychydig bach eto.'

Mae'r plant eraill ar y cei yn poeni eu rhieni. Maen nhw wedi cael eu cau mewn tai am ddyddiau hefyd, siŵr o fod. 'Byddwch yn amyneddgar am ychydig bach eto,' mae'r rhieni'n dweud wrthyn nhw. Dw i ddim yn deall yr ieithoedd i gyd, ond dw i'n gwybod yn iawn. A dw i'n gallu dweud wrth yr olwg ofidus ar wynebau eu rhieni eu bod nhw'n poeni am awyrennau ysbïo, fel ni.

'Dad,' meddaf. 'Wyt ti'n siŵr y byddwn ni i gyd yn gallu mynd ar y ddau gwch 'na?'

Dw i'n gobeithio 'mod i'n swnio fel petawn i'n gofyn am wybodaeth yn hytrach nag yn ei boeni.

'Paid â gofidio,' medd Dad. 'Fe fydd popeth yn iawn.'

Ond dw i'n gallu dweud ei fod yn edrych yn bryderus ac yn meddwl fel fi faint o gabanau all fod o dan ddeciau dau gwch pysgota sydd ddim yn fawr iawn.

Paid â phoeni, dw i'n dweud wrth fy hunan. Mae pob un o'r teuluoedd hyn wedi talu am y daith yma. Roedd yn rhaid i bawb ddangos eu tocynnau i'r smyglwyr wrth y glwyd ger y cei. Fyddwn ni ddim yn gadael neb ar ôl.

Dw i'n ceisio anghofio hyn drwy wylio'r cychod yn symud i fyny ac i lawr yn y dŵr. Dw i'n dwlu ar y ffordd maen nhw'n gwneud hynny. Dw i erioed wedi gweld pethau mawr yn arnofio o'r blaen. Mae'r gwichian yn dân ar groen rhywun, braidd, ond mae'r symud i fyny ac i lawr yn rhyfeddol.

A'r môr. Mae'n fwy na'r anialwch. Mewn gwirionedd, yng ngolau'r wawr fel hyn, mae'n edrych yn ddigon tebyg i'r anialwch. Dw i'n falch nad yr anialwch yw e. Fe fyddai'n well gennyf fynd i Awstralia mewn cwch pysgota nag ar gamel.

'Dad,' medd Bibi. 'Pryd cawn ni fynd ar y cwch?'

'Dere,' meddaf wrth Bibi, gan fownsio'r bêl ar ei phen cyn i Mam a Dad fynd yn wallgof. 'Ymarfer pêl-droed.'

Does dim llawer o le â chymaint o bobl yn sefyllian, ond rydyn ni'n dod o hyd i wagle ac yn pasio'r bêl yn ôl a blaen.

'Defnyddia ochr dy droed,' meddaf wrth Bibi. 'Dim ciciau mawr.'

Mae pobl yn syllu arni. Mae'n debyg nad ydyn nhw erioed wedi gweld merch yn chwarae pêl-droed o'r blaen. Mae llygaid y plant yn fawr gan ryfeddod. Mae rhai o'r oedolion wedi synnu.

Dw i'n teimlo'n falch iawn ohoni.

Y peth trist yw nad oes neb yn ymuno â ni. Gallem gael gêm wych yma. Timau a phob dim.

Aros eiliad, mae rhywun arall yn ymuno â ni nawr.

Mae'n fy nhaclo i.

Yn galed iawn.

O na, dw i ddim yn credu'r peth, y bachgen geisiodd ddwyn fy mhêl yn y gwersyll sydd yno.

Dw i'n ei daclo'n galed, yn mynd â'r bêl oddi wrtho ac yn ei chodi i'm dwylo.

'Hei,' medd. 'Fy mhêl i yw honna.'

'Nage ddim,' meddaf, gan gydio'n dynn yn y bêl.

'Dy deulu di yw hon?' medd y bachgen, gan bwyntio at Bibi.

'Ie,' medd hi, a'i llygaid yn fflachio.

'Fy mhêl i yw hi, 'te,' medd y bachgen. 'Fe gytunon ni ar y tâl.'

Dw i'n wyllt gacwn. 'Ond wnest ti ddim mynd â fi at fy nheulu,' gwaeddaf arno. 'Fe redaist ti ar ôl y Cenhedloedd Unedig.'

Mae Bibi'n tynnu'i phenwisg ac yn camu tuag at y bachgen. Er fy mod i'n wyllt gacwn, dw i'n ei gwylio hi'n bryderus. Pan fydd Bibi'n tynnu'i phenwisg mae hi fel arfer yn paratoi i daflu'i dyrnau.

'Gwranda'r cynffon asyn,' bloeddia Bibi ar y bachgen. 'Jamal bia'r bêl 'na. Mae hi wedi bod gyda fe ers dwy flynedd. Wyt ti'n gweld y darn 'na? Fe fues i'n ei helpu fe i'w ludo ar y bêl. Fe dorron ni'r plastig o sedd gefn tacsi Dad.'

Dw i'n gobeithio nad yw Dad yn gallu clywed.

Mae'r bachgen yn syllu ar Bibi fel petai erioed wedi gweld merch fel hi o'r blaen. Mae'n debyg nad yw e.

Wedyn mae'n symud ymlaen yn sydyn. Nid at Bibi, ond ataf i. Mae'n cydio yn y bêl. Dw innau'n dal fy ngafael. Rydyn ni'n dau'n tynnu. Dyw e ddim yn gryfach na fi, ond dyw e ddim yn wannach chwaith. Mae'n methu cael y bêl oddi wrthyf, ond dw innau'n methu cael y bêl oddi wrtho yntau.

Mae'r bachgen yn edrych dros ei ysgwydd ar Bibi.

'Fe gei di'r bêl,' medd wrthi, 'os byddi di'n gariad i fi.'

Mae'r olwg ar wyneb Bibi'n gas. Byddai'n gallu llosgi paent oddi ar danc. Mae'n codi gwaelod ei sgert, yn rhedeg at y bachgen ac yn cicio'i goes.

'Aw,' sgrechia, a mynd am yn ôl, gan lusgo'r bêl a minnau tuag ato. Dw i'n cwympo ar ei ben. Mae'r bêl yn bownsio ar ein pwys ni. Mae'r bachgen yn ceisio'i dal.

'Na, chei di ddim,' gwaedda Bibi a rhoi anferth o gic i'r bêl.

Mae hi'n codi fry dros bennau'r bobl i gyd, a dros y ffens ar y cei.

Mae pawb yn tynnu eu hanadl.

Mae'r bêl yn bownsio oddi ar ymyl un o'r cychod ac yn diflannu rhwng y cwch a'r cei.

21

Yn sydyn, mae pawb o'n cwmpas yn symud. Am eiliad dw i'n meddwl eu bod nhw i gyd yn rhuthro i gael y bêl. Yna dw i'n gweld bod y smyglwyr wedi agor y gât i'r cychod. Mae'n amser mynd ar fwrdd y cychod. Dyna pam tynnodd pawb eu hanadl, siŵr o fod.

Dw i'n gwneud fy ngorau glas i anghofio am y bêl.

Mae pobl yn heidio drwy'r glwyd yn barod ac yn mynd ar y cychod. Dw i'n cydio ym mraich Bibi ac yn gwthio rhwng y bobl sy'n casglu eu heiddo.

'Mam,' gwaeddaf. 'Dad.'

O'r diwedd dw i'n eu gweld nhw, yn ceisio aros amdanon ni. Ond maen nhw'n cael eu cario drwy'r gatiau gan y dyrfa sy'n gwthio ymlaen. Mae Mam yn ein gweld ni. Mae hi'n dangos i Dad lle rydyn ni. Maen nhw'n codi ein bagiau ac yn codi eu dwylo arnom i ddod atyn nhw.

Dyna dw i'n ceisio'i wneud.

Erbyn i Bibi a minnau fynd drwy'r gât, dyw Mam a Dad ddim mor bell â hynny o'n blaenau. Maen nhw'n gwthio yn erbyn y dyrfa, sy'n eu gwasgu'n araf tuag at y cwch pellaf.

Yna mae Bibi'n tynnu'i llaw o'm llaw i. 'Dw i'n mynd i nôl y bêl.'

Cyn y gallaf ei rhwystro, mae'n gwingo drwy'r dyrfa tuag at y cwch arall.

'Bibi,' sgrechiaf. 'Na.'

Dw i'n taflu fy hunan drwy'r cyrff sy'n gwasgu ymlaen. Erbyn i mi ei chyrraedd o'r diwedd, mae'n gorwedd ar ei bol ar ymyl y cei, yn pwnio'r dŵr â darn hir o bren. Mae'n ceisio cyrraedd y bêl, sy'n arnofio ar y dŵr rhwng y cwch a'r cei.

'Gad hi,' gwaeddaf, gan gydio yn ei braich a'i thynnu ar ei thraed. 'Fe gollwn ni Mam a Dad.'

Mae'n rhythu arnaf yn ddagreuol.

'Os collwn ni'r bêl,' medd hi, 'fyddwn ni ddim yn gallu dilyn y cynllun. Fyddwn ni byth yn sêr pêl-droed a fyddwn ni ddim yn gallu ffurfio llywodraeth newydd a mynd adre.'

Dw i'n syllu arni, yn cloffi rhwng dau feddwl. Mae rhan ohonof yn gwybod ei bod hi'n iawn, ond mae'r rhan arall yn ysu am symud ymlaen.

'Fe alla i wneud pêl newydd o gardfwrdd,' meddaf, gan ei llusgo o ymyl y cei. 'Dw i wedi gwneud hynny o'r blaen.'

Hyd yn oed wrth i mi ddweud y geiriau, dw i'n gwybod nad yw hynny'r un peth.

Wedyn mae rhywun yn mynd â'r ffon o ddwylo Bibi.

Y bachgen yw e.

'Fe gaf i hi nawr,' medd ef. 'Hanner y bêl i chi a hanner i fi.'

Cyn i mi allu symud, mae'r bachgen yn llithro dros ymyl y cei ac yn diflannu.

Dw i'n llusgo Bibi i'r ymyl ac yn syllu i lawr, wedi fy mrawychu.

Mae'r bachgen yn ei gwrcwd yn un o'r teiars mawr sy'n hongian oddi ar y wal goncrit. Mae'n ymestyn am y bêl â'r ffon.

Ydy e'n gall? Os bydd y cwch yn taro ymyl y cei, fe gaiff ei wasgu.

'Gwylia,' gwaeddaf.

'Dw i'n iawn,' ateba. 'Dw i wedi gwneud tipyn go lew o bysgota.'

Wedyn mae'n llithro. Mae'n ceisio cadw ei gydbwysedd, ond mae'n methu. Mae'n rhoi gwaedd ac yn cwympo i'r dŵr.

'Help!' sgrechiaf ar y bobl sy'n gwasgu o'm cwmpas. 'Mae plentyn yn y dŵr!'

Does neb yn gwrando. Mae pawb yn rhy brysur yn mynd ar y cychod. Mae Bibi'n pwnio rhai pobl, i geisio cael eu sylw, ond maen nhw'n ei hanwybyddu hi.

Dw i'n edrych o gwmpas yn wyllt am smyglwr neu forwr neu blismon, hyd yn oed.

Dim, dim ond pobl sy'n ysu am fynd ar y cwch.

Draw fan'na. Ar y dec. Y dyn mewn oferôl melyn. Mae'n edrych fel morwr. Mae ganddo bolyn hir a bachyn ar un pen. Polyn perffaith i achub pobl.

'Brysiwch!' gwaeddaf ar y morwr, gan gydio yn

ei oferôl a cheisio'i lusgo tuag at yr ymyl. 'Mae plentyn yn y dŵr!'

Dyw'r morwr ddim fel petai'n deall.

Dw i'n ei ysgwyd.

Dw i'n gweiddi'n uwch.

Dw i'n cydio yn y polyn.

Mae'r morwr yn gwgu arnaf ac yn ei gipio oddi wrthyf. Wedyn mae'n fy nharo yn fy wyneb.

Mae fy nghoesau'n gwegian, a dw i'n gweld sêr. Drwyddynt dw i'n gweld Bibi'n cicio'r morwr. Mae'n ei bwrw i lawr. Mae hi'n cydio yn ei goes ac yn ei chnoi. Mae e'n ei chodi ac yn ei thaflu dros ei ysgwydd.

'Bibi,' crawciaf.

Dw i'n ceisio mynd ati ond dw i'n teimlo'n rhy benysgafn a dw i'n dal i faglu tuag at y ddau wrth i'r morwr daflu Bibi dros ymyl y cwch.

22

'Na,' sgrechiaf.

Dw i'n syllu i lawr ar y dŵr sy'n corddi oddi tanom. Mae Bibi wedi diflannu'n barod. Dw i'n fy llusgo fy hun i'r ffens ac yn neidio.

Mae'r dŵr yn bwrw'r anadl o'm corff.

Wedyn dw i o dan y dŵr, yn gwneud fy ngorau glas i'w gweld hi.

Mae swigod yn hofran o'm cwmpas ym mhelydrau gwyrdd ac aur yr haul a chysgodion llwydwyrdd y cwch a'r sêr gwyrdd a phinc o'r ergyd ges i ar fy mhen.

Dw i'n ceisio cicio fy nghoesau a symud fy mreichiau ond mae'r dŵr yn teimlo'n drymach na thywod a dw i'n suddo.

Edrych am Bibi, dw i'n gweiddi'n dawel ar fy hunan.

Siapiau ym mhobman. Ond dim Bibi. Dim ond cysgodion.

Suddo.

Suddo.

Wyneb. Yn agos ata i. Hi yw hi. Ei llygaid yn fawr, a'i bochau'n llawn. Dw i'n lapio fy mreichiau amdani ac yn ceisio cicio. I gael codi'r ddau ohonom.

Dw i'n dda i ddim. Dw i'n methu cicio digon.

Cicia, Bibi. Rho gic enfawr i'r dŵr.

Dw i'n methu ei dal hi. Mae fy mreichiau'n gwrthod cydio ynddi. Mae hi'n cydio ynof i. Mae fy mrest yn boenus. Rhaid i mi anadlu. Bibi, dal dy afael. Dw i'n gallu gweld Awstralia.

Aw.

Mae rhywbeth yn pwnio fy nghefn.

Mae rhywbeth yn ein tynnu i'r wyneb.

Na, peidiwch. Mae golau'r haul yn rhy lachar. Mae'r awyr yn rhy oer. Mae'r metel garw dw i'n llithro drosto'n brifo fy mhennau gliniau.

Dw i'n gallu anadlu, ond dw i'n methu gweld Awstralia nawr.

Dw i'n gorwedd ar ddec y cwch. Dw i'n gryndod i gyd. Does dim teimlad yn fy ngwefusau ond maen nhw'n hallt. Mae fy mhennau gliniau'n boenus.

Ble mae Bibi?

Dw i'n curo'r dŵr o'm llygaid ac yn edrych o'm cwmpas yn wyllt.

Dyna hi, wrth fy ochr ar y dec. Yn peswch. Yn anadlu'n ddwfn. Yn rhegi ar y morwr yn yr oferôls melyn wrth iddo dynnu'i fachyn o'i dillad.

Mae'n rhoi gwên i mi. Dw i'n chwydu heli dros ei esgidiau. Mae'n rhoi gwên fwy eto.

Dw i'n cydio yn Bibi ac yn ei dal fel na all neb fynd â hi eto. Wedyn dw i'n cau fy llygaid. Dw i'n eu cau nhw am amser maith.

Dw i eisiau mynd nôl i Awstralia.

Dw i newydd weld y lle. Meysydd pêl-droed

gwyrdd a physt o aur pur a stolion bychain i gôl-geidwaid ag un goes gael eistedd arnyn nhw. Fi a Bibi'n ennill y cwpan i Dubbo Abattoirs United. Roeddwn i yno.

Nawr dw i fan hyn ar y dec, yn crynu. Dw i'n rhoi cwtsh i Bibi i'w chynhesu. Mae rhywun yn rhoi cot amdanon ni.

Ar ôl crynu am dipyn eto, dw i'n cofio am Mam a Dad.

Dw i'n neidio ar fy nhraed, yn teimlo'n benysgafn, yn cydio yn rhywun rhag i mi gwympo drosodd, ac yn syllu o'm cwmpas yn wyllt.

'Mam!' gwaeddaf. 'Dad!'

Mae pobl yn eistedd dros y dec i gyd. Dw i'n edrych ar eu hwynebau. Maen nhw'n edrych arnaf, rhai'n llawn cydymdeimlad, eraill yn ofnus. Mae rhai o'r plant yn crio.

Nid Mam neu Dad yw un ohonyn nhw.

Mae Bibi ar ei thraed hefyd, yn siglo fy mraich.

'Edrych,' gwaedda, gan bwyntio at ben arall yr harbwr.

Y cwch arall sy 'na. Yr un oedd wedi'i glymu wrth y cwch yma. Mae'n dechrau symud o'r cei, yn mynd am y môr. Mae pobl yn eistedd dros ddec y cwch yna, hefyd.

Heblaw am ddau berson, sy'n sefyll yn y cefn, ac yn chwilio'n wyllt ymysg y bobl o'u cwmpas.

'Mam!' sgrechiaf. 'Dad!'

Dim ond sgrechian mae Bibi'n ei wneud.

Mae Mam a Dad yn troi a syllu. Mae Mam yn ein gweld ni ac yn rhoi ei llaw dros ei cheg. Mae Dad yn ein gweld ni ac yn dechrau dringo dros y rheilen ar gefn eu cwch nhw. Mae Mam yn ei dynnu 'nôl.

Mae'r dŵr yn ewynnu ac yn corddi oddi tano wrth i'w cwch ddechrau cyflymu.

Mae'r bwlch rhwng y ddau gwch yn lletach na maes pêl-droed.

Dau faes pêl-droed.

Dw i'n syllu arnyn nhw yn ddiymadferth.

Maen nhw'n syllu arnom yn ddiymadferth.

Mae panig sâl yn corddi ac yn ewynnu y tu mewn i mi.

'Dewch 'nôl,' gwaeddaf ar y cwch arall. 'Plîs.'

23

Mae'n rhaid i mi symud yn gyflym.

'Mae popeth yn iawn,' meddaf wrth Bibi, sy'n sgrechian yn wyllt. 'Fe allwn ni anfon neges radio i'r cwch arall a gofyn iddyn nhw droi'n ôl.'

Mae hi'n ymdawelu ryw fymryn.

Dw i'n chwilio am smyglwr i'n helpu ni.

Does dim sôn am neb. Rhaid eu bod nhw yn y caban 'na ym mhen blaen y cwch, yn gwneud yn siŵr fod y radar a'r llyw a'r radio'n iawn.

Dw i'n cydio yn Bibi ac rydyn ni'n mynd am ben blaen y cwch, yn neidio ac yn gwau ein ffordd drwy'r bobl sy'n eistedd ar y dec. Tan i rywun ein rhwystro.

Y morwr mewn oferôls melyn.

Does dim gwên ar ei wyneb.

'Plîs,' ymbiliaf. 'Rydyn ni ar y cwch anghywir. Dw i eisiau dweud wrth y capten. Ar ôl i ni fynd ar y cwch arall fydd dim rhaid i chi ein gweld ni byth eto.'

Mae'r morwr naill ai'n methu deall neu does dim gwahaniaeth ganddo achos y cyfan mae'n ei wneud yw poeri ar y dec, gan ddod yn agos at daro menyw a'i baban.

Mae Bibi'n mynd yn gwbl benwan.

'Y llysnafedd o ben ôl llyffant!' gwaedda.

'Ddylai pobl fel chi ddim cael gweithio ar gychod! Dydych chi ddim yn ffit i weithio ar fysys!'

Mae'r morwr yn dechrau edrych fel petai *yn* deall. Mae ei lygaid yn culhau ac mae'n camu tuag atom.

Mae pobl yn symud yn gyflym o'i ffordd. Dw i'n gallu gweld eu bod nhw'n gofidio amdanon ni, ond mae ofn arnyn nhw hefyd. Dw i ddim yn eu beio nhw mewn gwirionedd. Pan wyt ti wedi cael dy fwlio am flynyddoedd gan lywodraeth gas a chreulon, dwyt ti ddim yn fodlon mentro.

Wel, dyw'r rhan fwyaf o bobl ddim yn fodlon gwneud.

Mae Bibi'n cipio ymbarél oddi wrth un o'r teithwyr ac yn ei hanelu at ben y morwr.

'Caca camel,' gwaedda.

Dw i'n rhwystro'r ymbarél â'm braich. Mae'n brifo, ond dw i'n llwyddo i gydio yn Bibi a'i hatal. Dw i ddim yn meddwl y byddaf yn gallu atal y morwr serch hynny. Mae'n dod amdanon ni. Ac mae'n amhosib dianc. Mae pobl o'n cwmpas ni i gyd.

'Peidiwch, da chi.'

Mae llais cras yn gweiddi o ben blaen y cwch.

Mae smyglwr, dyn mawr â breichiau blewog, yn camu'n fras tuag atom.

'Cer i weithio!' gwaedda'r smyglwr ar y morwr. 'Cer i baratoi i ymadael!'

Mae'r morwr yn cwyno'n chwerw mewn iaith

arall, gan bwyntio at Bibi a chwifio'i ddwylo. Dw i'n cydio'n dynn yn Bibi. Mae'r smyglwr yn gweiddi ar y morwr yn ei iaith ei hunan. Mae'r morwr yn gwgu ac i ffwrdd ag ef gan gamu'n drwm.

'Fe ddylech chi roi'r sac iddo fe,' medd Bibi wrth y smyglwr.

'Bydd ddistaw,' medd y smyglwr yn gwta.

Dw i'n rhoi fy llaw dros geg Bibi ac yn ceisio edrych yn gwrtais.

'Mae ein teulu ni ar y cwch arall,' meddaf wrth y smyglwr. 'Allech chi anfon neges radio atyn nhw, plîs, a gofyn iddyn nhw droi'n ôl? Os na allwch chi weld ble maen nhw, fe fyddan nhw ar eich sgrin radar chi.'

'Does dim radar gyda ni,' medd y smyglwr. 'Na radio.'

Dw i'n rhythu arno fe. Dim radar? Dim radio? Pa fath o gwch yw hwn?

Mae panig yn llifo drwyddo i.

'Mae'n rhaid i ni fynd ar eu hôl nhw!' gwaeddaf.

'Eisteddwch,' rhua'r smyglwr. 'Byddwch ddistaw neu fe dafla i'r ddau ohonoch chi oddi ar y cwch fy hunan.'

Mae sawl ffrwydryn tir yn chwythu y tu mewn i mi. Dw i'n gallu gweld bod Bibi'n gwneud ei gorau glas i ryddhau ei cheg. Ond dw i'n tynnu anadl ddofn iawn ac yn tynnu Bibi i lawr ar y dec.

Mae'r smyglwr yn edrych yn gas arnom ac yn cerdded i ffwrdd.

Mae llygaid Bibi'n fawr gan ddicter. Dw i'n ei dal yn dynn ac yn ceisio dal fy nagrau fy hunan yn ôl.

'Does dim pwynt,' meddaf wrthi. 'Os byddwn ni'n eu cynddeiriogi nhw, chawn ni ddim mynd i Awstralia a welwn ni byth mo Mam a Dad eto. Fe fydd rhaid i ni fod yn amyneddgar, dyna'i gyd.'

Dw i'n syllu ar draws y dŵr. Dw i'n gallu gweld y cwch arall, yn bitw fach a bron o'r golwg. Dw i'n troi fy nghefn ato.

Gallai un o ryfelwyr yr anialwch nofio draw a chydio yng nghadwyn angor y cwch arall a nofio'n ôl gan lusgo'r cwch arall y tu ôl iddo. Ond nid un o ryfelwyr yr anialwch ydw i. Dim ond plentyn sy'n ceisio cadw'i deulu gyda'i gilydd.

Ar ôl ychydig funudau mae Bibi'n dechrau crio, sy'n gwneud iddi ymlacio ychydig.

'Dw i ddim eisiau bod yn amyneddgar,' llefa. 'Dw i eisiau Mam a Dad.'

'Dw i'n gwybod,' meddaf.

'A finnau hefyd,' medd llais y tu ôl i ni. 'Mae fy rhieni i ar y cwch arall hefyd.'

Dw i'n troi'n sydyn. Mae rhywun gwlyb â wyneb trist yn estyn rhywbeth i mi.

'Fe ges afael ar ein pêl ni,' medd y bachgen o'r gwersyll.

Dw i'n syllu arno, ac yn teimlo'n hynod o euog. Roeddwn wedi anghofio popeth amdano. Rhaid bod rhywun wedi'i godi â bachyn o'r dŵr hefyd. Ac mae fy mhêl i ganddo.

'Diolch,' meddaf, gan symud draw fymryn. 'Mae lle fan hyn.'

'Omar dw i,' medd ef, gan eistedd i lawr.

Mae Bibi a minnau'n ein cyflwyno ein hunain.

'Rydyn ni'n ceisio bod yn amyneddgar,' medd Bibi, a sychu'i llygaid. 'Achos fe fyddwn ni yn Awstralia cyn hir ac fe welwn ni ein rhieni yno.'

Mae Omar yn syllu'n ddiflas ar yr anialwch o ddŵr sydd rhyngom ac Awstralia.

'Os ydyn ni'n lwcus,' medd ef.

24

Rydyn ni'n hwylio i Awstralia a dyw pethau ddim yn rhy dda.

Mae'r dec dan ei sang a rhaid i bawb wasgu yn erbyn ei gilydd. Felly mae hi braidd yn ych-a-fi pan fydd pobl yn chwydu. Drwy lwc mae'r rhan fwyaf o bobl yn chwydu dros ochr y cwch.

Mae Omar wedi bod yn chwydu tipyn go lew.

'Fe fydd hi'n mynd yn waeth na hyn,' medd ef rhwng dau bwl o chwydu. 'Pan fydd y tonnau'n fynyddoedd mawr, fe fyddwch chithau eich dau'n taflu i fyny hefyd.'

Hyd yn hyn, mae Bibi a fi wedi bod yn iawn. Dw i'n credu mai oherwydd ein bod ni'n gyfarwydd â theithio yn nhacsi Dad mae hynny. Roedd hwnnw'n arfer rholio a symud o'r naill ochr i'r llall hefyd.

'Mae eisiau bwyd arna i,' cwyna Bibi, a phwyso yn fy erbyn.

Druan â hi. Dydyn ni ddim wedi bwyta ers neithiwr ac mae'n ddiwedd y prynhawn erbyn hyn. Dim ond hanner tun llysiau o ddŵr rydyn ni wedi'i gael.

Dw i'n lwcus. Does dim chwant bwyd arnaf achos bod drewdod yr injan ddisel yn troi fy stumog. A does dim cysgod o gwbl ar y cwch yma ac mae gen i gur pen oherwydd yr haul.

Yn fwy na dim, dw i'n gweld eisiau Mam a Dad. Does byth chwant bwyd arnaf pan fydd gen i ben tost a dw i'n gweld eisiau pobl.

'Fyddwn ni ddim yn hir nawr,' meddaf wrth Bibi.

Mae dau o'r morwyr yn rhannu cawl nwdls o grochan metel. Rydyn ni wedi bod yn y ciw ers oesoedd, yn symud yn araf ar hyd pren garw'r dec ar ein penolau. Dim ond un person sydd o'n blaenau ni.

Ond mae un broblem. Y morwr â'r lletwad yw'r un yn yr oferôls melyn. Dw i'n poeni, pan fydd yn gweld Bibi, na fydd yn rhoi llond lletwad iddi.

Mae blanced ddu dros y person o'n blaenau. Mae'n estyn y tun llysiau i gael cawl. Dyw'r person ddim yn ddigon agos at y crochan. Mae'r morwr yn cydio ym mraich y person ac yn ei dynnu'n nes.

Dw i'n syllu mewn arswyd.

Mae'r flanced yn hongian yn y fflam nwy o dan y crochan. Does neb fel petaen nhw wedi sylwi. Mae fflamau'n saethu ar hyd ymylon y flanced.

'Tân!' gwaeddaf.

Mae'r morwyr yn rhewi gan ofn.

Dw i'n gwybod pam. Rydyn ni ar gwch pren ynghanol y môr ac mae tun nwy wrth y flanced sydd ar dân.

Dw i'n llusgo'r flanced oddi ar y person, yn ei thaflu ar y dec ac yn neidio arni hyd nes i'r fflamau ddiffodd. Mae Bibi'n fy helpu. Wedyn dw i'n codi'r flanced ac yn ei rhoi hi'n ôl i'r person.

Ac yn rhewi gan ofn fy hunan.

Merch yn ei harddegau yw hi. Dim ond pâr o siorts a chrys T gyda phatrwm pefriog ar y blaen sydd amdani. Mae'i breichiau'n gwbl noeth. Does dim byd am ei phen o gwbl ac mae'i gwallt fel gwrych. Mae'n gwisgo colur. Mae stwff du ar ei hamrannau ac mae'i gwefusau'n wyrdd.

Dw i erioed wedi gweld dim byd tebyg yn fy myw.

Mae'n debyg nad yw'r morwr wedi gweld dim byd tebyg chwaith, oherwydd mae'n gollwng y lletwad i'r cawl.

'Diolch,' gwena'r ferch yn ei harddegau, gan gydio yn ei blanced.

Mae'n troi at y morwr ac yn dal ei thun llysiau. Mae'r morwr yn edrych arni, o'i chorun i'w sawdl, yn gwgu ac yn ei chwifio draw. Mae'n gweiddi rhywbeth arni mewn iaith nad ydw i'n ei deall, ond dw i'n gwybod beth mae'n ei feddwl.

Dim bwyd.

Mae'r ferch yn ei harddegau'n agor ei cheg i brotestio, ond mae'r ddau forwr yn ei chwifio draw nawr. Dyw pobl sy'n dechrau tanau ddim yn cael bwyd.

'Hei!' gwaedda Bibi ar y morwr yn yr oferôls

melyn. 'Dyw hynny ddim yn deg. Chi yw'r un ddechreuodd y tân.'

Dw i'n griddfan yn dawel. Mae Bibi'n iawn, ond dw i'n gwybod beth sy'n mynd i ddigwydd nawr.

Mae'r morwr yn dechrau gweiddi'n uwch eto ac yn fy chwifio i a Bibi draw hefyd.

Dw i'n camu at y morwr i feimio pam mae hyn yn hollol annheg. Mae'r ferch yn ei harddegau'n cydio yn fy mraich. Mae hi wedi cydio ym mraich Bibi'n barod.

'Peidiwch, da chi,' medd hi. 'Dyw hi ddim gwerth y drafferth. Mae'n llawer pwysicach eich bod chi'n cyrraedd Awstralia'n ddiogel ac yn dod o hyd i'ch rhieni.'

Dw i'n tynnu anadl ddofn. Yn sydyn, mae arogl y cawl yn codi chwant bwyd arnaf.

Mae hi'n iawn.

'Diolch,' meddaf.

'Beth bynnag,' medd y ferch, a'i gwefusau gwyrdd yn troi wrth iddi edrych yn ddirmygus ar y morwyr. 'Dw i'n siŵr na olchon nhw eu dwylo cyn agor y pecyn cawl.'

Dw i'n ei hoffi hi'n barod.

25

Mae'r ferch yn ei harddegau'n fy ngwahodd i a
Bibi i eistedd ar ei blanced.

Rydyn ni'n dod o hyd i le'n hawdd wrth i'r holl
bobl o'n cwmpas symud yn ôl. Dw i ddim yn siŵr
a yw hyn oherwydd eu bod nhw'n teimlo trueni
drosom neu achos nad ydyn nhw eisiau eistedd yn
rhy agos at berson â choesau noeth a gwefusau
gwyrdd.

Mae gwraig ar ein pwys yn cynnig ei thun hi o
gawl i mi. Dw i bron â mynd ag e i Bibi, ond
wedyn dw i'n gweld bod tri phlentyn bach gan y
wraig. Dydyn nhw ddim yn edrych yn llwglyd
iawn nawr, ond does neb yn gwybod pryd bydd
rhagor o gawl.

Dw i'n oedi, yna dw i'n gwenu'n ddiolchgar ar
y wraig ac yn ysgwyd fy mhen.

Drwy lwc, dyw Bibi ddim yn ei gweld hi. Mae'n
edrych draw at y crochan cawl gan ddyheu a
chasáu ar yr un pryd.

Mae'r ferch yn ei harddegau'n cyffwrdd yn
ysgafn â braich Bibi.

'Mae eisiau i rywun ddysgu gwers i'r caca camel
'na draw fan'na,' meddai'r ferch, gan edrych yn gas
ar y morwr creulon, 'A dechrau drwy roi gwybod
iddo bod melyn yn lliw hynod o anffasiynol.'

Dw i'n gwenu, er gwaetha'r pen tost a'r llosg haul.

'Rashida dw i,' medd y ferch.

Rydyn ninnau'n dweud ein henwau wrthi.

Mae Bibi'n edrych arni, wedi drysu. 'Enw bachgen yw Rashida,' medd hi.

Mae Rashida'n tynhau careiau'i hesgidiau trwm. 'Fe fuodd fy mrawd farw pan oedd e'n faban,' medd hi. 'Felly pan gyrhaeddais i, fe ges i ei enw fe.'

'Am rieni ofnadwy,' medd llais. 'Rhaid dy fod ti'n eu casáu nhw.'

Omar sydd yno, y bachgen sy'n meddwl ei fod yn berchen ar hanner fy mhêl droed. Mae newydd ddychwelyd atom ni ar ôl bod yn pwyso dros ymyl y cwch.

Rwy'n teimlo ergyd o dristwch yn fy mrest wrth iddo sôn am rieni.

Mae Rashida'n edrych i fyny arno. Mae'i gwefusau gwyrdd yn crynu. 'Dw i ddim yn eu casáu nhw,' medd hi, 'Dw i'n eu caru nhw'n fawr iawn. Fe gynilon nhw am flynyddoedd i gael arian ar gyfer y daith yma, a phan welon nhw mai dim ond un tocyn roedden nhw'n gallu ei fforddio, fi gafodd y tocyn.'

Mae hi'n cau'i llygaid unwaith neu ddwy a dw i ddim yn meddwl mai'r colur sy'n gyfrifol achos dw i'n gorfod cau fy llygaid fy hunan, a dw i ddim yn gwisgo colur.

'Nawr gad lonydd i ni,' medd Rashida wrth Omar.

'Ym . . .' sibrydaf. 'Mae e gyda ni, mae arna i ofn.'

Mae Omar yn ei wasgu ei hunan ar gornel o'r flanced ac yn dechrau ffidlan â darn o fflwcs. Dw i'n gobeithio ei fod yn bwriadu casglu llond dwrn ohono i'w stwffio yn ei geg.

'Oes unrhyw beth i'w fwyta gyda chi?' medd Rashida.

'Nac oes,' meddaf. 'Sori. Mae'r cyfan gyda fy rhieni.'

Dw i'n edrych yn ddiflas ar y gorwel am y miliynfed tro. Does dim sôn am y cwch arall o hyd.

'Mae'r cyfan gyda fy rhieni innau hefyd,' medd Omar.

Mae Rashida'n agor sip cas dillad mawr pinc. Mae'n tynnu potel ddŵr allan a thun o sardîns. Mae'n agor y tun ac yn rhoi sardîn yr un i mi a Bibi ac Omar.

'Diolch,' meddaf.

Dw i'n llwgu. Dw i'n llowcio fy sardîn. Mae Rashida'n cymryd llwnc o ddŵr ac yn rhoi'r botel i mi.

Dw i eisiau dweud wrthi nad ydw i erioed wedi cwrdd â neb tebyg iddi hi o'r blaen, ac nid dim ond achos bod yr holl ferched sydd yn eu harddegau yn ein pentref ni'n gorfod aros yn y tŷ. Ond dw i'n dweud dim rhag codi embaras arni. Hefyd dw i'n gallu gweld bod Bibi mewn trafferthion. Mae eisiau bwyd arni, ond mae hi'n casáu sardîns.

'Llynca fe'n gyfan mewn cegaid o ddŵr,' medd Rashida. 'Fyddi di ddim yn cael cymaint o'r blas.'

Mae Bibi'n dilyn ei chyngor.

'Diolch,' medd Bibi. 'Dw i'n falch ein bod ni wedi cwrdd â ti.'

'A finnau hefyd,' medd Rashida. 'Rwyt ti'n ferch fach neis.'

'Mae fy chwaer i'n neis hefyd,' medd Omar. 'Ac mae hi'n gallu chwarae ffliwt â'i thrwyn.'

Rydyn ni i gyd yn ei anwybyddu.

'Pan fyddwn ni'n cyrraedd Awstralia,' meddaf wrth Rashida, 'fe fydd fy rhieni'n dy dalu di'n ôl am y bwyd, ond am y tro, fe hoffwn i roi rhywbeth i ti.'

Dw i'n codi'r bêl droed.

'Hei, fi piau hanner honna,' medd Omar.

Dw i'n dangos i Rashida sut dw i'n gallu cadw'r bêl i fownsio o ben-glin i ben-glin ar fy eistedd.

'Hoffet ti ddysgu sut mae gwneud?' gofynnaf iddi.

Mae'n gwenu ac yn nodio'i phen. 'Hoffwn,' medd hi. 'Does dim byd yn well na dysgu sgiliau newydd i ladd amser ar fordaith hir a diflas.'

'Fydd hi ddim yn ddiflas os bydd siarcod yn ymosod arnon ni,' medd Omar yn ddiflas. 'Neu forfilod. Neu os bydd storm enfawr yn codi a thonnau anferthol yn taro ar y dec. Neu os bydd teiffŵn –'

'Omar,' medd Bibi. 'Cau dy hen geg.'

Does neb yn dweud dim am rai eiliadau wrth feddwl am yr hyn mae Omar newydd ei ddweud. Yna mae Rashida'n eistedd 'nôl ac yn plygu ei phennau gliniau.

'Dere 'te,' medd hi. 'Dangos i fi sut i'w wneud e.'

Dw i'n gwneud hynny, yn ddiolchgar. Mae Bibi'n fy helpu. Nid sgìl yn unig yw bownsio pêl rhwng dy bennau gliniau, mae'n ffordd arbennig o dda o anghofio am dy bryderon.

Am ychydig.

Ar ôl tipyn, mae Rashida'n tynnu'i llygaid oddi ar y bêl ac yn syllu arnaf i a Bibi.

'Rydych chi'ch dau wedi llosgi,' medd hi. 'Dewch, rhowch ychydig o hwn ar eich croen.'

Mae'n agor sip ei chas dillad ac yn rhoi potel o eli haul i mi.

'Dw innau wedi llosgi hefyd,' medd Omar.

'Sori,' medd Rashida. 'Sylwais i ddim o dan yr holl faw.'

Dim ond hanner gwrando arnyn nhw dw i achos dw i'n edrych i mewn i gas dillad Rashida. Dw i'n gwybod na ddylwn i, ond alla i ddim peidio. Efallai y byddwn ni'n dibynnu ar y ffaith fod ganddi ragor o sardîns er mwyn cadw'n fyw.

Does dim rhagor o duniau i'w gweld.

Y cyfan dw i'n gallu ei weld, ynghanol y dillad, yw bag plastig mawr sy'n llawn o rywbeth.

Rhywbeth, dw i'n sylweddoli'n gyffrous, sy'n fwy gwerthfawr i ni nawr nag aur neu docynnau tymor i weld Manchester United.

Blawd.

26

Dw i'n gobeithio y bydd hyn yn gweithio.

Dyw'r morwyr ddim wedi fy rhwystro hyd yn hyn, ond os aiff pethau o chwith, dw i'n poeni y gallen nhw droi'n gas.

Drwy lwc, mae'r un creulon yn cysgu. Mae'r tri arall gyda fi fan hyn, yn fflachio eu tortshis, yn rhyfeddu at yr hyn dw i'n ei wneud. Dw i ddim yn credu eu bod nhw erioed wedi gweld neb yn pobi bara ar injan ddisel o'r blaen.

Dw i wedi egluro drwy feimio cystal ag y gallaf, fod bara fel arfer yn mynd i mewn i ffwrn, a'm bod wedi gwneud y torthau hyn yn fwy gwastad nag arfer, hyd yn oed, er mwyn gallu eu rhoi nhw ar ben yr injan.

Hefyd, dw i eisiau i'r bara yma bobi'n gyflym achos dw i wedi gadael Bibi ar y dec. Mae Rashida yno, ond bydd Bibi'n poeni os bydd hi'n deffro a gweld fy mod i wedi mynd. Mae cysgu ar dy eistedd yn anghyfforddus iawn, ac rwyt ti'n deffro'n aml.

'Plîs,' dw i'n gorfod meimio eto. 'Peidiwch â chyffwrdd ag e eto.'

Mae morwyr bron mor ddiamynedd â chwiorydd bach i gael bara newydd ei bobi.

Gobeithio na roddais ormod o halen ynddo.

Mae'n anodd barnu os wyt ti'n gyfarwydd â'r stwff sych. Rydyn ni mewn helynt os rhoddais ormod o heli gyda'r dŵr croyw. Ac nid tylino'r toes mewn bwced plastig yng ngolau'r lleuad yw'r ffordd orau o'i gael i ymestyn yn dda.

'Dyw e ddim yn barod,' dw i'n meimio i'r morwyr gan wneud symudiadau hyd yn oed yn fwy â fy nwylo. Dw i'n gobeithio nad ydyn nhw'n mynd yn grac.

Roedd Rashida'n garedig iawn yn gadael i mi ddefnyddio'r blawd. Ac roedd ei rhieni hi'n glyfar iawn hefyd yn gwneud iddi ddod ag e rhag ofn y byddai argyfwng.

A sôn am argyfwng! Mae'r ardal yma o dan y dec yn ddŵr i gyd! Mae'n cyrraedd ein pennau gliniau ni. Gobeithio nad yw'r cwch yn gollwng. Dw i wedi gofyn i'r morwyr, ond dydyn nhw ddim fel petaen nhw'n gwybod am beth dw i'n sôn.

Dw i ddim yn meddwl y dywedaf i ddim byd wrth Bibi a'r lleill. Dw i ddim eisiau iddyn nhw boeni. Mae'n anodd treulio bara sydd newydd ei bobi pan fydd cwlwm yn dy stumog.

27

Mae cwlwm yn fy stumog.

'Rwyt ti'n athrylith, Jamal,' medd Omar, gan gnoi'r darn o fara gafodd i frecwast.

Dw i ddim yn teimlo fel athrylith. Dw i'n sâl môr.

Roedd Omar yn iawn. Mae'r tonnau wedi mynd yn fwy. Byddai'n haws pe na bai'r llong yn mynd i fyny pob un ac yna'n mynd i lawr pob un. Trueni na bai'r môr i gyd o'n cwmpas yn rhoi'r gorau i fynd i fyny ac i lawr hefyd.

Mae Bibi'n dringo drosof, ar ôl bod yn rhoi ychydig o fara i'r plant bach. O leiaf dyw hi ddim yn sâl môr. Dyna un peth da.

'Mae'r plant bach yn dweud diolch yn fawr,' medd Bibi,' ac mae eu mam yn dweud dy fod yn athrylith.'

Mae Omar yn llusgo'i lein bysgota o'r dŵr ac yn archwilio'r abwyd. 'Fe allwn i fod yn athrylith hefyd petai'r pysgod twp 'ma'n bachu,' medd o dan ei anadl. 'Dw i'n meddwl eu bod nhw'n gwybod nad abwyd go iawn yw hwn. Dw i'n meddwl eu bod nhw'n gwybod mai fflwcs blanced yw e.'

Dw i'n ochneidio wrth i'r cwch symud i sawl cyfeiriad ar unwaith.

'Druan â ti,' medd Rashida, gan roi'i llaw ar fy

nhalcen. 'Fe ddarllenais i rywle bod salwch môr yn dod i ben ar ôl diwrnod.'

'Ar ôl wythnos, glei,' medd Omar yn ddiflas. 'Dim ond pum niwrnod i fynd, Jamal.'

Dw i'n ofni ei fod e'n iawn. Mae hanner y bobl ar y cwch yn dioddef o salwch môr. Rhai'n waeth na mi. Dros y dec i gyd, mae pobl yn pwyso yn erbyn ei gilydd ac yn griddfan.

'Cymer,' medd Rashida, gan symud y crys-T sbâr y mae wedi'i glymu am fy mhen i gadw'r haul draw. 'Cymer lymaid o ddŵr.'

Mae'n codi tun llysiau i'm gwefusau.

'Dw innau'n sâl hefyd,' medd Omar yn grac o dan y pâr o siorts o gas dillad Rashida sydd wedi'i glymu am ei ben e.

Mae Rashida'n rhoi llymaid o ddŵr iddo yntau hefyd. Mae Bibi'n edrych yn gas arno.

Mae arogl chwd a phiso'n fy nharo a dw i'n gwneud fy ngorau i beidio â thaflu'r dŵr i fyny.

Am y miliynfed tro ers i ni ddechrau hwylio, dw i'n fy atgoffa fy hunan pam rydyn ni'n gwneud hyn. Rhewi ar ddec caled drwy'r nos. Rhostio drwy'r dydd. Gwylio plant bach a hen bobl druain yn dioddef yn waeth na ni, hyd yn oed.

Awstralia.

Pobl yn chwerthin.

Llywodraeth garedig.

Mam a Dad a Dubbo Abattoirs United.

Dw i'n gobeithio y byddwn ni'n cyrraedd cyn hir.

28

Dw i'n deffro.

Dw i'n teimlo'n stiff ac yn ddrewllyd ac yn boenus ac yn llwglyd, ond mae rhywbeth yn teimlo'n dda.

Dw i'n sylweddoli beth yw e.

Dw i ddim yn sâl môr rhagor.

Dw i'n codi pen Bibi oddi ar fy ysgwydd, gan ofalu peidio â'i deffro hi, ac yn ei osod yn dyner ar ysgwydd Rashida. Yna dw i'n sefyll ac yn ymestyn fy nghoesau'n boenus a syllu'n ddiolchgar ar y wawr sy'n troi'r môr gwastad yn anialwch euraid.

Dw i'n sylweddoli rhywbeth arall sy'n dda.

Mae'r injan wedi stopio.

Mae'r tawelwch yn hyfryd ar ôl tri diwrnod a thair noson o dwrw a phwffian. Y cyfan dw i'n gallu'i glywed yw sŵn y dŵr yn taro yn erbyn y cwch a babanod yn crio'n dawel.

Ac, yn sydyn, smyglwr yn gweiddi.

Mae'r tri smyglwr yn sefyll o flaen eu caban a'r morwyr o'u cwmpas.

Cawl nwdls, meddyliaf yn hapus. Maen nhw'n rhoi rhagor o gawl nwdls i ni. Ond ble mae'r crochan?

'Mae camgymeriad wedi digwydd,' gwaedda'r prif smyglwr, gan chwifio llond dwrn o docynnau hwylio. 'Maen nhw wedi codi'r pris anghywir arnoch chi. Er mwyn cyrraedd Awstralia rhaid i bob un dalu can doler arall.'

Dw i'n syllu'n syfrdan arnyn nhw.

Dros y dec mae pobl yn rhwbio eu llygaid yn gysglyd ac yn syllu ar ei gilydd mewn anghrediniaeth. Mae Rashida ar ei thraed. Mae Bibi'n edrych wedi drysu, wrth iddi geisio deall hyn i gyd.

Mae'r prif smyglwr yn dweud hyn eto mewn ieithoedd eraill. Mae pobl yn dechrau gweiddi a llefain. Mae dyn yn neidio i fyny ac yn ceisio edrych ar y tocynnau yn llaw'r smyglwr, ond mae morwr yn ei wthio i lawr ac yn ei fygwth â phastwn pren.

Dw i'n gweld bod pob un o'r smyglwyr a'r milwyr yn dal pastynau. Heblaw am y morwr mewn oferôls melyn, sy'n dal bwced. Fy mwced bara i.

'Talwch y pris llawn,' gwaedda'r smyglwr, 'neu fe fyddwn ni'n troi'n ôl.'

Mae llawer o grio nawr, ac nid y babanod yn unig sydd wrthi. Dw i'n rhoi fy mraich am Bibi.

Mae'r smyglwyr a'r morwyr yn symud ar hyd y dec, yn gwacáu bagiau pobl, yn gwthio eu dwylo i bocedi pobl, yn codi eu pastynau ar unrhyw un sy'n dweud na. Mae popeth gwerthfawr yn mynd i'r bwced. Arian, gemau, canwyllbrennau, popeth.

Dwi'n gallu teimlo Omar yn crynu wrth fy ochr. 'Does dim byd gyda fi,' crawcia mewn llais bach.

Na finnau chwaith. Cafodd fy mhotyn arian poced ei chwythu i fyny gyda fy ystafell. Dw i'n tynnu Bibi'n agos ataf ac yn meddwl mewn anobaith, tybed a fyddai'r smyglwyr yn fodlon i mi ddysgu gwerth dau gan doler o driciau pêl iddyn nhw.

Dw i'n edrych ar Omar a Rashida.

Gwerth pedwar can doler.

Dw i'n amau'n fawr.

'Mae tanwydd yn ddrud,' gwaedda'r prif smyglwr. 'Mae angen chwe diwrnod o danwydd eto i gyrraedd Awstralia, dim ond tri diwrnod o danwydd i fynd 'nôl. Dewiswch chi.'

Mae'r bwced yn ymddangos o flaen fy wyneb.

'Talwch!' cyfartha'r morwr mewn oferôls melyn. Wedyn mae'n adnabod Bibi a Rashida. Mae'i wyneb yn troi'n gas.

Dw i'n plygu i lawr ac yn chwilio o dan gornel y flanced ac yn tynnu ein dwy dorth o fara olaf allan. Dw i'n eu rhoi nhw yn y bwced. Dw i'n dal fy anadl wrth i'r morwr syllu arnyn nhw. Dw i'n gweddïo ei fod yn hoffi brechdanau.

Mae'r morwr yn cydio yn y torthau ac yn eu taflu i'r môr.

Cyn i mi allu cynnig gwneud rhagor o fara ffres iddo fe a'r smyglwyr os oes blawd ganddyn nhw, mae Rashida'n rhoi'i llaw yn ei chas dillad ac yn rhoi rhywbeth i'r prif smyglwr.

Wats yw hi.

'Pedwar person,' medd.

Mae'r smyglwr yn edrych yn fanwl ar y wats, ac yna'n ei thaflu i'r bwced.

Rydyn ni i gyd yn aros iddo ddweud nad yw hynny'n ddigon. Mae'r morwr yn cilwenu. Mae Omar yn gweddïo. Mae Rashida'n cnoi'i thafod. Dw i'n dal fy ngafael yn Bibi. Ers i'r bara daro'r dŵr mae hi wedi bod yn chwyrnu ac yn ceisio dod yn ddigon agos i gicio'r morwr.

Mae'r smyglwr yn symud ymlaen, gan dynnu'r morwr syfrdan ar ei ôl.

Rydyn ni'n dal yma, a'r rhyddhad yn gwneud i ni deimlo'n wan.

Pan gawn ni nerth i siarad, Omar yw'r cyntaf i ddweud rhywbeth. 'Ble cest ti wats mor werthfawr â honna?' gofynna i Rashida.

'Dad brynodd hi gyda gweddill ei gynilion,' ateba hi. 'Roedd e'n gwybod y byddai hyn yn digwydd.'

Dw i eisiau cofleidio Rashida. Dw i hefyd eisiau cofleidio'i thad. Yn lle hynny, rydyn ni'n eistedd yma, yn gobeithio bod y smyglwyr yn cael digon yn eu bwced.

Yn y diwedd, maen nhw'n cael digon. Mae injan y cwch yn peswch wrth danio ac yn dechrau tuchan yn ei blaen yn dwrw i gyd. Rydyn ni'n pwffian tuag at Awstralia unwaith eto. Dw i eisiau cofleidio Rashida a'i thad hyd yn oed yn fwy.

Yn lle hynny dw i'n syllu ar y gorwel, yn gobeithio'n fawr os bydd yr un peth yn digwydd ar gwch Mam a Dad, y bydd Mam yn ildio, a rhoi ei modrwy briodas.

29

'Jamal,' sibryda Bibi. 'Sawl diwrnod rydyn ni wedi bod ar y cwch yma?'

Mae'i phen yn drwm yn erbyn fy mraich. Dw i'n agor fy llygaid. Mae golau'r haul yn eu taro. Dw i'n edrych i lawr ar ei hwyneb. Mae'n chwys i gyd. Mae twymyn arni.

'Sawl diwrnod?' sibryda eto.

Dw i'n sychu'i hwyneb â chrys-T sbâr Rashida.

'Pump,' meddaf. 'Dw i'n credu.'

'Chwech,' medd Rashida, sy'n eistedd yn ei chwman yr ochr draw i mi.

'Dyna ro'n i'n mynd i'w ddweud,' medd Omar dros ei hysgwydd.

Dw i'n gwybod pam mae Bibi'n gofyn. Daeth y bwyd a'r dŵr ar y cwch i ben y bore 'ma ac mae hi'n meddwl faint o ddiwrnodau sydd ar ôl cyn i ni gyrraedd Awstralia. Mae hi'n ceisio gweithio allan a allwn ni oroesi.

Dw innau wedi bod yn gwneud yr un fath.

Tri diwrnod yw'r ateb, a dw i ddim yn siŵr a allwn ni oroesi.

Mae llawer o'r bobl sy'n eistedd ar y dec yma'n edrych fel petaen nhw'n teimlo'r un fath. Dw i erioed wedi gweld cymaint o anobaith ar gynifer o wynebau.

Dw i'n sychu wyneb Bibi eto.

'Ceisia anghofio pa ddiwrnod yw hi,' meddaf wrthi. 'Ceisia orffwyso.'

'Dw i ddim eisiau anghofio pa ddiwrnod yw hi,' medd Bibi mewn llais bach. 'Mae hi'n ben-blwydd arna i.'

Dw i'n syllu arni. Mae f'ymennydd, sydd wedi'i hanner coginio gan yr haul, yn gwneud ei orau i weithio allan beth yw'r dyddiad.

Mae hi'n iawn.

'O Bibi,' meddaf. 'Mae'n ddrwg gen i.'

Sut gallwn i fod wedi anghofio? Mae'n ddigon gwael bod yn sownd fan hyn ynghanol y môr ar dy ben-blwydd, ond os yw dy deulu di'n anghofio, mae hynny'n ofnadwy. Dw i'n gallu gweld wrth wynebau Rashida ac Omar eu bod nhw'n meddwl hynny hefyd.

'Pen-blwydd Hapus, Bibi,' meddaf wrthi'n ddiflas.

Mae'r lleill yn dweud hynny hefyd.

Wedyn dw i'n dod ataf fy hun. Does dim llawer i'w roi i Bibi ar ei phen-blwydd fan hyn, dim gwydryn o ddŵr hyd yn oed. Ond dw i'n gallu ceisio codi'i chalon, o leiaf.

'Beth am i ni gynllunio parti pen-blwydd i ti,' meddaf wrthi. 'Fe gawn ni'r parti pan gyrhaeddwn ni Awstralia.'

'O'r gorau,' medd hi, gan edrych yn fwy siriol.

'Mae fy mhen-blwydd i mewn pedwar mis,' medd Omar. Mae Rashida'n ei bwnio â'i phenelin.

'Yn Awstralia,' meddaf wrth Bibi, 'pan fydd hi'n ben-blwydd arnat ti, bydd llywodraeth Awstralia'n dod draw i'r tŷ gyda chacen a diodydd swigod.'

Dw i ddim yn hollol siŵr a yw hyn yn wir, ond mae'n ddigon posibl os yw'r llywodraeth yn garedig. Beth bynnag, y syniad sy'n bwysig.

'A sardîns?' gofynna Omar.

'Ie,' meddaf. 'Siŵr o fod.'

'A byrgyrs gyda winwns ac wyau a saws chili?' medd Rashida.

'Yn bendant,' meddaf.

'Gwych,' medd Omar. 'Beth yw byrgyr?'

Mae Rashida'n dweud wrtho.

'Mae'n well gen i hufen iâ na byrgyrs,' medd Bibi. Mae'n edrych yn well nag y bu hi.

'Yn archfarchnadoedd Awstralia,' meddaf, 'maen nhw'n gwerthu hanner cant o wahanol fathau o hufen iâ.'

O'r gorau, dw i'n mynd dros ben llestri nawr. Mae'r lleill yn edrych arna i, a gwgu.

'Hanner cant?' medd Omar.

'Does bosib,' medd Bibi. 'Ugain, efallai.'

Dw i'n tynnu wyneb iddyn nhw ddeall, os ydw i'n gorwneud ychydig, mai gwneud hynny er mwyn i ni i gyd deimlo'n well dw i.

'Beth yw archfarchnad?' medd Omar.

Mae Rashida'n meddwl am eiliad. 'Does dim stondinau fel sydd mewn marchnad arferol,' medd hi. 'Siop fawr iawn yw hi sy'n gwerthu popeth.'

'Abwyd, hyd yn oed?' medd Omar, gan edrych yn ddiflas ar ei lein bysgota.

'Abwyd a phopeth,' medd Rashida. 'Roedd fy mam yn arfer dwlu ar archfarchnadoedd.'

'Dy fam?' meddaf, a syllu arni.

'Ddwedais i ddim wrthoch chi?' medd Rashida. 'Fe ges i fy ngeni yn Awstralia.'

Nawr mae Bibi ac Omar yn syllu arni hefyd.

'Ychydig amser ar ôl i mi gael fy ngeni, fe gawson ni lythyr o Afghanistan,' medd Rashida'n dawel. 'Yn dweud wrthon ni fod pob un o frodyr Mam wedi marw yn y rhyfel. Felly fe aethon ni 'nôl i ofalu am Dad-cu a Mam-gu tan iddyn nhw farw hefyd. Ac wedyn doedd y llywodraeth ddim yn gadael i ni ddychwelyd i Awstralia. Mae fy rhieni'n drist iawn.'

Mae Rashida'n syllu ar y dŵr sy'n corddi, y tu ôl i ni, i gyfeiriad y man lle daethon ni. Wedyn mae'n hi'n troi oddi wrthon ni ac yn tynnu'i drych a'i minlliw allan.

Dw i'n ei gwylio hi'n gwneud ei gwefusau'n wyrdd unwaith eto. All hi ddim bod yn hawdd rhoi minlliw ar dy wefusau pan fydd y cwch yn siglo'n ôl a blaen a'th wefusau'n crynu.

'Mae'n ddrwg gen i am dy ewythrod a dy dad-cu a'th fam-gu,' meddaf yn dawel. 'A'th rieni di.'

A chyn gallu fy rhwystro fy hun, dw i'n meddwl am fy ewythrod a Tad-cu a Mam-gu. A Mam a Dad.

Ac yn sydyn dyw diwrnod pen-blwydd Bibi ddim yn ddiwrnod mor hapus.

30

Mae'r bobl ym mhen blaen y cwch yn dechrau sgrechian.

I ddechrau, dw i'n meddwl eu bod nhw newydd glywed am yr hanner cant o wahanol fathau o hufen iâ. Ond ar ôl i mi droi i weld, dw i'n sylweddoli mai rhywbeth arall sy'n eu cyffroi nhw.

Mae cwch arall yn dod tuag aton ni.

Dw i'n neidio ar fy nhraed, a'r cyffro'n fy ngwneud i'n benysgafn.

Am eiliad orffwyll, dw i'n meddwl mai cwch Mam a Dad sydd yno. Ein bod ni wedi dal i fyny â nhw a'u bod nhw wedi ein gweld ni ac wedi dod draw.

Ond mae'n gwch llawer mwy na chwch Mam a Dad. Ac wrth iddo ddod yn nes, dw i'n gallu gweld nad oes pobl yn eistedd ar y dec. Dim ond ychydig o ddynion yn gwisgo tracwisg ac esgidiau rhedeg. Maen nhw'n sefyll ac yn ein gwylio ni.

Mae syniad gorffwyll arall yn dod i'm meddwl. Maen nhw'n edrych fel tîm pêl-droed. Tîm pêl-droed rhyngwladol, efallai, yn teithio i gêm ragbrofol Cwpan y Byd mewn cwch.

Ac yna dw i'n gweld bod y dynion i gyd yn dal arfau awtomatig.

Mae pobl ar ein cwch ni'n sibrwd wrth ei gilydd yn ofnus. Maen nhw'n ailadrodd un gair brawychus sy'n gwneud i'm tu mewn fynd yn oerach na hanner cant o wahanol fathau o hufen iâ.

'Môr-ladron!'

'O na!' medd Rashida o dan ei hanadl.

Dw i'n sylweddoli mai môr-ladron ydyn nhw. Dyw morwyr ddim yn gwisgo tracwisgoedd ac esgidiau rhedeg drud iawn. Dyw timau pêl-droed ddim yn cario arfau awtomatig, ddim hyd yn oed mewn gemau terfynol cwpan.

Dw i'n codi Bibi i'w thraed ac yn ei dal yn dynn. Rydyn ni'n gwylio, wedi rhewi gan ofn, wrth i gwch y môr-ladron aros wrth ein cwch ni. Mae sawl môr-leidr yn neidio ar ein dec ni. Mae'r lleill yn aros ar eu dec nhw, gan anelu eu gynnau atom.

Dw i'n aros i'r smyglwyr ymladd â'r môr-ladron.

Dydyn nhw ddim yn gwneud dim.

Yn lle hynny, maen nhw'n gwenu wrth gyfarch y môr-ladron. Maen nhw'n ysgwyd dwylo. Wedyn maen nhw'n neidio i gwch y môr-ladron. Mae'r morwr yn yr oferôls melyn yn mynd gyda nhw. O dan ei fraich mae'r bwced o bethau gwerthfawr.

'Maen nhw'n ein gadael ni,' sibryda Rashida.

Dw i'n syllu mewn braw. Mae hi'n iawn. Rhaid bod y smyglwyr wedi trefnu hyn. Maen nhw wedi cymryd ein harian ni a nawr maen nhw'n ein gadael ni.

'Y llau camel drewllyd,' medd Bibi o dan ei hanadl.

'Ro'n i'n gwybod,' medd Omar yn ddiflas. 'Ro'n i'n gwybod y byddai hyn yn digwydd.'

Mae rhai o'r môr-ladron yn dal ar ein cwch ni. A nawr mae rhywbeth hyd yn oed yn waeth yn digwydd. Mae'r môr-ladron yn cydio yn rhai o'r bobl sydd ar y dec. Yn tynnu'r cotiau a'r blancedi oddi arnyn nhw.

Dw i ddim yn deall hyn. Mae'r smyglwyr wedi mynd â phopeth gwerthfawr yn barod.

Mae'r môr-ladron yn llusgo menyw ifanc ar ei thraed. Maen nhw'n ei chario i'w cwch nhw, a hithau'n cicio ac yn sgrechian.

Yn sydyn dw i'n deall.

Dyw'r môr-ladron ddim yn chwilio am arian neu emau, maen nhw'n chwilio am ferched sydd allan heb eu rhieni. Mae'r môr-ladron hyn cyn waethed â'n llywodraeth ni.

'O na,' medd Rashida'n dawel.

Dw i'n tynnu'r crys-T wedi'i glymu oddi ar fy mhen, yn tynnu penwisg Bibi i ffwrdd ac yn rhoi'r het crys-T ar ei phen yn lle hynny, gan stwffio'i gwallt oddi tano. Mae Bibi'n deall beth dw i'n ei wneud ac mae'n clymu'i sgert rhwng ei choesau fel ei bod yn edrych fel siorts llac.

'Dere'n glou,' meddaf wrth Omar. 'Rho dy het i Rashida.'

'Does dim het gyda fi,' gwichia Omar. Wedyn

mae'n cofio am y siorts ar ei ben. Mae'n eu rhoi nhw i Rashida.

'Gwisga nhw!' meddaf wrth Rashida. 'Gwthia dy wallt i fyny!'

Wrth iddi wneud hyn, dw i'n lapio'r flanced amdani ac yn rhwbio fy llaw dros ei hwyneb nes bod ei cholur yn anniben ac yn edrych fel baw ac olion glaswellt.

Dw i'n gwneud arwydd y dylem i ni i gyd eistedd. Dw i'n cymryd fy mhêl-droed ac yn dechrau ei bownsio hi o ben-glin i ben-glin. Dw i'n ei tharo o'm pen-glin i ben-glin Rashida. Mae hithau'n ei tharo o'i phen-glin i ben-glin Bibi. Mae Bibi'n ei tharo hi'n ôl i mi. Dw i'n ei tharo hi'n ôl a chyn hir mae rhythm gyda ni.

Dw i'n gweddïo nad yw Omar yn ceisio ymuno â ni. Byddem yn gadael iddo fel arfer, ond heddiw gallai ei ddiffyg sgìl fod yn farwol.

Dyw e ddim yn gwneud.

Gan bwyll, gan bwyll, dw i'n ymbil yn fy meddwl ar Rashida wrth i'r bêl fynd o gwmpas y cylch. Dwyt ti ddim wedi cael cymaint â hynny o ymarfer.

Mae cysgod yn dod drosom ni.

Mae môr-leidr yn sefyll yn union o'n blaenau, yn astudio'r bêl wrth iddi fynd yn ôl ac ymlaen. Dw i'n gweddïo nad yw e'n gwybod pa mor wych mae merched yn gallu chwarae pêl-droed. Dw i'n gweddïo ei fod e'n cymryd yn ganiataol mai dim ond bechgyn sydd â sgiliau pennau gliniau fel Bibi a Rashida.

Dyw e ddim yn rhwygo eu hetiau oddi ar eu pennau ac yn eu llusgo nhw i gwch y môr-ladron, felly rhaid bod pethau'n gweithio'n iawn.

Yn sydyn mae'r môr-leidr yn gwenu, yn cymryd cam am 'nôl ac yn codi'i droed i gicio'r bêl.

Hyd yn oed wrth i mi weld ei droed yn codi, dw i'n gwybod y dylwn i adael iddo ei chicio hi. Ond mae fy nghoes yn ymateb yn gynt na'm hymennydd. Dw i'n bachu'r bêl â'm troed ac yn ei llithro i un ochr. Mae cic y môr-leidr ymhell ohoni ac mae'n cwympo wysg ei gefn ar y dec, a'i ddryll awtomatig yn clindarddach ar ei bwys.

Mae'r môr-ladron eraill yn chwerthin.

Mae'r bobl o'n cwmpas ni'n ochneidio'n dawel.

Rydyn ni'n aros, yn syfrdan, i'r môr-leidr ein saethu ni i gyd.

Dyw e ddim yn gwneud hynny.

Yn hytrach, mae'n codi ar ei draed, yn cymryd cam yn ôl ac yn rhoi cic i'm clun.

Cic galed iawn.

Mae poen yn ffrwydro i fyny ac i lawr fy nghorff. Dw i'n gwingo ar y dec, fy mhennau gliniau'n dynn wrth fy mrest, a'm llygaid yn llawn dagrau. Am gryn dipyn o amser, dw i ddim yn gallu sythu fy nghoesau, hyd yn oed. Y cyfan dw i'n gallu ei wneud yw edrych yn bryderus ar Bibi.

Paid ag ymosod ar y môr-leidr, dw i'n ymbil arni yn fy meddwl. Plîs paid.

Dyw hi ddim yn gwneud. Mae hi ar dân eisiau gwneud hynny, ond mae Omar yn cydio ynddi mor dynn, dyw hi ddim yn gallu dianc.

O'r diwedd, ar ôl i Rashida rwbio fy nghlun am oesoedd, dw i'n llwyddo i godi ar fy eistedd.

Mae'r boen yn dod â rhagor o ddagrau i'm llygaid, ond dw i'n dal i allu gweld beth sydd wedi digwydd.

Mae'r môr-ladron wedi mynd.

Dim ond smotyn ar y gorwel yw eu cwch nhw.

Mae'r smyglwyr wedi ein gadael ni. Rydyn ni ar ein pennau ein hunain yng nghanol y môr, llond cwch o bobl lwglyd yn wylofain a thri morwr ofnus.

Dyma hi, dw i'n meddwl. All pethau ddim mynd yn waeth na hyn.

Fi yw Dubbo Abattoirs United ac mae'r bêl gyda fi ac mae popeth yn dda.

Mae'r haul yn disgleirio.

Mae'r borfa'n las.

Mae'r pyst o aur pur.

Mae Mam a Dad ymhlith y gwylwyr, yn gwenu a chodi eu dwylo.

Mae fy nghlun yn brifo ond dyw hynny ddim yn fy rhwystro rhag syfrdanu tyrfa gêm derfynol y cwpan gyda fy ngwaith traed.

Sgrech Bibi sy'n fy rhwystro.

Dw i'n edrych o gwmpas y stadiwm yn ofnus. Dw i ddim yn gallu gweld beth yw'r broblem. Does dim tryc y fyddin ar y maes. Dim milwyr â gynnau. Does neb yn cael ei gadwyno wrth y pyst. Ac eto dw i'n dal i glywed Bibi'n sgrechian.

Dw i'n agor fy llygaid.

Mae'r awyr yn ddu. Mae gwynt llym yn torri drwy'r dyrfa o bobl ar y dec. Mae Bibi'n cydio ynof i, gan sgrechian i'm brest.

Dw i'n edrych i fyny ac yn gweld pam.

Mae ton dywyll, enfawr, ewynnog yn torri drosom ni.

Dw i wedi colli Rashida. Dw i wedi colli Omar. Mae Bibi gyda fi ond dim ond achos bod ein gwregysau wedi'u clymu wrth ei gilydd â'i phenwisg hi.

Rydyn ni'n eistedd gefn wrth gefn, yn codi dŵr o'r cwch â'n tuniau llysiau. Mae'r dŵr olewog, rhewllyd yn cyrraedd at fy nghanol. Mae'n cyrraedd ceseiliau Bibi. Fan hyn, o dan y dec, dydyn ni ddim yn gallu gweld y storm, ond mae'n swnio fel petai'n rhwygo'r cwch yn ddarnau.

'Does dim pwynt gwneud hyn,' gwaedda Bibi am y miliynfed tro.

'Oes,' gwaeddaf. 'Mae'n gweithio.'

Ond hyd yn oed yn yr hanner tywyllwch, rydyn ni'n dau'n gallu gweld ein bod ni'n colli'r frwydr. Mae'r lle pitw bach yma'n llawn pobl, a phawb yn codi dŵr allan, ond y dŵr sy'n ennill. Bob tro mae ton yn taro'r cwch, mae mwy o ddŵr yn arllwys i mewn nag y gallwn ni ei godi yn ein powlenni cawl a'n tuniau llysiau.

'Fe fydd y cwch yn suddo!' gwaedda Bibi. 'Rhaid i ni ddweud wrth y morwyr.'

Does gen i mo'r galon i ddweud wrthi fod y morwyr i lawr yno'n barod, yn straffaglu yn y dŵr yn ceisio trwsio'r pwmp gwastraff.

Rydyn ni'n dau'n gwingo wrth i don fawr daro'r cwch, a chodi un pen allan o'r môr. Mae'r injan yn rhuo ac yn tasgu olew poeth drosom.

'Dal ati,' meddaf wrth Bibi.

Dyna'r cyfan rydyn ni'n gallu ei wneud.

'Sut gallai'r dyn 'na wneud y fath beth?' medd Bibi. 'Sut gallai'r lwmp melyn o drwyn camel gymryd yr unig fwced?'

Druan â Bibi. Rydyn ni'n oer. Ac yn benysgafn gan flinder a diffyg bwyd. Ac mor llwglyd. Artaith yw hyn, bod dŵr o'n cwmpas ni ym mhobman a ninnau'n methu yfed dim. Rhaid ei bod hi'n waeth iddi hi. Dim ond deg oed yw hi.

Dw i'n meddwl am hynafiaid Dad, cenedlaethau di-rif o bobyddion a fyddai'n codi am 3 o'r gloch y bore er bod angen rhagor o gwsg arnyn nhw. Bydden nhw'n dal ati, gan lusgo sachau o flawd, tylino toes, troi eu cefnau i ymestyn i mewn i ffyrnau crasboeth er mwyn 'nôl torth ar ôl torth ar ôl torth ar ôl torth.

Doedden nhw byth yn rhoi'r gorau iddi a dw innau ddim yn mynd i wneud hynny chwaith.

Dw i'n edrych dros fy ysgwydd ar Bibi.

Mae golwg wedi ymlâdd arni. Hyd yn oed yn y golau gwan yma dw i'n gallu gweld pa mor welw yw hi, a'i gwallt wedi'i ludo o gwmpas ei hwyneb. Mae'n codi'r dŵr o'r cwch â'i llygaid ynghau. Mae ei gwefusau'n las.

Mae llawer o'r dynion i lawr fan hyn yn edrych arni. Dydyn nhw ddim yn gallu credu bod merch yn gallu dal ati fel hyn. Dydyn nhw ddim yn deall sut mae hi'n ymdopi.

Dw i'n gwybod sut.

Merch i bobydd yw hi.

33

Beth sy'n digwydd?

Mae'r bobl ar y dec yn gweiddi ac yn sgrechian. Dw i'n methu clywed beth maen nhw'n ddweud achos bod sŵn yr injan wrth fy nghlust.

Maen nhw'n swnio'n ofnus dros ben.

Mae'r bobl i lawr fan hyn wedi rhoi'r gorau i godi'r dŵr ac yn dringo'r ysgol i gael gweld.

Dw i ddim eisiau gweld.

Dw i ddim eisiau i ddim byd arall ddigwydd. Bydd Bibi a finnau'n dal ati fan hyn nes i ni gwympo, ond does gen i ddim nerth i wneud dim byd arall.

Dw i'n dal ati i godi dŵr.

'Jamal, dere i weld!'

Mae rhywun yn gweiddi arnaf o ben yr ysgol.

Rashida yw hi. Diolch byth. Mae hi'n fyw.

'Rashida, dere lawr,' meddaf.

Dyw hi ddim yn fy nghlywed. Mae fy llais yn rhy flinedig i weiddi. Does dim gwahaniaeth achos dw i'n symud tuag at yr ysgol beth bynnag. Dw i'n dal ddim eisiau ei dringo hi, ond mae pobl y tu ôl i ni sydd eisiau gwneud. Felly mae Bibi a finnau'n cael ein gwthio i fyny'r ysgol.

Rydyn ni'n baglu ar y dec a dw i'n rhythu'n syn.

Mae llong ryfel yn codi uwch ein pennau ni.

Mae rhai o'i gynnau'n hirach na'n cwch cyfan ni. A dw i'n gallu gweld rocedi â phennau ffrwydrol sy'n gallu mynd drwy fetel. A gynnau peiriant ag anelau laser.

Y cyfan wedi'u hanelu atom ni.

Mae pobl ar ein cwch ni'n llawn panig. Maen nhw'n cydio mewn babanod a phlant bach ac yn rhedeg at y rheilen ac yn eu dangos i'r llong ryfel.

'Peidiwch â saethu,' gwaeddant. 'Mae plant ar fwrdd y cwch.'

Dw i ddim yn llawn braw ac arswyd.

Er y gallai'r llong ryfel ein chwythu ni allan o'r dŵr mewn chwinciad chwannen, dw i ddim yn ofnus.

Dw i'n adnabod baner y llong ryfel. Baner dw i wedi'i gweld o'r blaen, ar grys-T y meddyg yn y gwersyll.

Dw i'n gryndod i gyd. Dw i'n chwerthin ac yn crio ar yr un pryd. Dw i'n cydio yn Bibi a Rashida i rannu'r newyddion gwych â nhw.

'Awstraliaid ydyn nhw!' gwaeddaf. 'Maen nhw wedi dod i'n hachub ni! Rydyn ni wedi cael ein hachub!'

34

Mae un o forwyr Awstralia'n syllu i'm caban i. Dw i'n gallu'i weld yn y drws, yn dywyll yn erbyn y golau o'r coridor.

Andrew yw e, dw i'n gallu adnabod ei iwnifform a'i glustiau.

Pan oedd yn fy ngharïo i a Bibi i'r llong ryfel, a ninnau wedi ein bachu ar y cebl ac yn llithro drwy'r awyr, roedd yn gallu gweld pa mor ofnus oedden ni.

'Daliwch eich gafael yn fy nghlustiau i,' medd.

I ddechrau roeddwn i'n meddwl ei fod wedi defnyddio'r geiriau anghywir. Mae'n siarad ein hiaith ni, ond ddim cystal â hynny. Wedyn sylweddolais ei fod o ddifrif.

'Pan oedd Duw'n rhoi clustiau i bawb,' medd, 'fe ofynnais am ddolenni. Ro'n i'n gwybod y bydden nhw'n ddefnyddiol ryw ddiwrnod. Daliwch eich gafael.'

Felly dyna wnaethon ni.

Doedd dim gwahaniaeth ganddo os oedd yn brifo. Dyna sut rai yw pobl Awstralia. Hael iawn. Mae Andrew'n swyddog hefyd, felly mae'n debyg ei fod wedi cael ei hyfforddi i wrthsefyll poen.

'Jamal,' sibryda Andrew nawr. 'Wyt ti'n dal i gysgu?'

'Nac ydw,' sibrydaf. 'Mae Bibi'n cysgu, ond dw i ddim.'

Mae Andrew'n cropian i'r caban, gan ofalu peidio â baglu dros y pentyrrau o geblau a winshis sydd ar y llawr. Mae'n pwyso dros wely plygu Bibi ac yn rhoi'i law'n dyner ar ei thalcen.

'Da iawn,' medd ef. 'Mae'r dwymyn wedi mynd.'

Mae'n penlinio wrth fy ngwely i. Mae'n dal hambwrdd â dau blât arno.

'Ro'n i'n meddwl efallai fod eisiau bwyd arnoch chi'ch dau o hyd,' medd ef, gan roi plât i mi. 'Fe fwytaoch chi'r pryd cyntaf 'na mor gyflym, ro'n i'n meddwl eich bod chi'n mynd i lyncu'r gyllell a'r fforc hefyd!'

Mae'n clicio ar dortsh a rhoi golau ar y plât.

Bysedd pysgod, sglodion a phys. Yr un peth ag o'r blaen. Mae Andrew'n dweud mai dyma fwyd traddodiadol Awstralia. Dw i'n dwlu arno.

'Diolch,' sibrydaf.

Mae wyneb Andrew'n newid. Yn sydyn mae'n edrych yn drist. 'Jamal,' medd ef yn dawel. 'Dw i eisiau dweud ei bod hi'n ddrwg gen i.'

Dw i'n syllu arno, a'r braw'n troi fy mhryd cyntaf yn belen galed yn fy stumog. Pam mae'n ddrwg ganddo? Pam mae'n edrych mor drist? Ydy e wedi clywed newyddion drwg?

'Mam a Dad?' meddaf yn wyllt. 'Oes rhywbeth wedi digwydd iddyn nhw?'

Mae Andrew'n edrych wedi drysu am eiliad.

175

Wedyn mae'n rhoi'i law ar fy mraich. 'Na,' medd ef yn dawel. 'Paid â phoeni, dw i'n siŵr eu bod nhw'n iawn. Rhaid bod eu cwch nhw wedi dilyn llwybr arall. Mae awyren gyda ni'n chwilio amdanyn nhw, ac ar ôl i ni eich gollwng chi ar dir sych, fe fyddwn ni'n mynd i chwilio hefyd. Fe ddown ni o hyd iddyn nhw.'

Mae Awstraliaid yn arbennig o dda am wneud i ti deimlo'n dawel dy feddwl.

'Neu,' meddaf, 'efallai y byddan nhw'n disgwyl amdanon ni pan fyddwn ni'n cyrraedd.'

'Efallai,' medd ef.

Dw i'n ei gredu. Dyna rywbeth arall am Awstraliaid. Rwyt ti'n ymddiried ynddyn nhw.

'Pam mae'n ddrwg gyda ti felly?' meddaf. Dw i newydd feddwl am rywbeth brawychus arall. Rashida.

'Dw i eisiau ymddiheuro,' medd Andrew, 'am yr amser gymerodd hi i'ch cael chi i gyd oddi ar y cwch. Ro'ch chi'n oer a heb gael bwyd ac roedd eich cwch chi'n gollwng. Fe ddylen ni fod wedi gwneud hynny'n syth ond roedd . . .'

Dw i'n gallu gweld ei fod yn ymdrechu i ddod o hyd i'r gair cywir. Mae'n rhaid bod mynegi dy hunan mewn iaith arall yn dipyn o gamp.

'. . . gwaith papur,' medd Andrew.

'Popeth yn iawn,' meddaf. 'Dw i'n deall am waith papur. Athrawes yw fy mam.'

Mae Andrew'n gwenu, ond mae'n dal i edrych braidd yn drist.

'Sut mae dy glun di?' medd ef.

'Mae'n gwneud dolur,' meddaf.

'Dw i ddim yn synnu,' medd ef. 'Mae clamp o glais gyda ti. Pan o'n i'n blentyn, ces i fy nharo gan dryc a ches i ddim clais cymaint â hwnna. Dw i wedi siarad â'r meddyg edrychodd ar dy glun di. Mae'n dweud bod angen cael archwiliad pelydr X, ond does dim peiriant pelydr X ar y llong.'

Dw i ddim yn hollol siŵr beth yw pelydr X. Dull traddodiadol o wella cleisiau yn Awstralia, siŵr o fod. Dw i'n siŵr y bydd llwythi o beiriannau pelydr X o gwmpas pan fyddwn ni'n cyrraedd tir sych.

'Popeth yn iawn,' meddaf. 'Diolch beth bynnag.'

'Fe rof i lonydd i ti fwyta,' medd Andrew.

Dw i ddim eisiau iddo fynd.

'Andrew,' meddaf. 'Sut rwyt ti'n siarad fy iaith i?'

'Ysgol nos,' medd. 'Mae'r llynges yn rhoi rhagor o dâl i ti os wyt ti'n siarad ail iaith.' Mae'n gwenu. 'Wyt ti eisiau gofyn unrhyw beth arall?'

Mae miliwn o bethau.

Dw i eisiau gwybod a fydd Bibi a minnau'n gallu mynd i'r ysgol yn y nos pan fyddwn ni'n byw yn Awstralia. Dw i'n gobeithio hynny, oherwydd bydd hynny'n gadael y dyddiau'n rhydd i ni ymarfer pêl-droed.

Dw i eisiau gwybod sut mae coginio bysedd pysgod, sglodion a phys, er mwyn gallu paratoi pryd i Mam a Dad a Bibi.

Dw i eisiau gwybod ble mae Andrew'n byw, er mwyn byw'n agos ato os yw'n bosibl.

Ond mae pethau hyd yn oed yn bwysicach na hynny i'w gofyn.

'Sut mae Rashida?' meddaf.

'Mae hi'n iawn,' medd Andrew. 'Roedd angen dŵr ar ei chorff hi felly mae'r meddyg wedi'i rhoi hi ar ddiferwr, ond fe fydd hi ar ei thraed cyn bo hir.' Mae'n gwenu eto. 'Unrhyw beth arall?'

Mae rhywbeth arall. Mae arna i ofn gofyn achos mae meddwl amdano'n gwneud i mi gofio'r storm a'r tonnau'n ein taro ni ac yn golchi rhai pobl i'r môr. Ond mae'n rhaid i mi ofyn beth bynnag.

'Ydych chi wedi dod o hyd i'r bachgen â'r bêl-droed eto? Omar yw ei enw fe.'

'Ddim eto,' medd Andrew. Mae'n edrych yn garedig arnaf. 'Mae pobl ym mhob rhan o'r llong yma. Dw i'n siŵr y daw e i'r golwg. A dw i'n siŵr y bydd dy bêl di'n dod i'r golwg hefyd.'

'Dw i ddim yn poeni am y bêl,' meddaf.

Mae Andrew'n nodio. 'Dw i'n gwybod,' medd ef. 'Mwynha dy bryd bwyd. Fe adawa i blât Bibi ar y llawr. Wela' i di wedyn.'

'Andrew,' meddaf. 'Pan fydd hi'n ben-blwydd arnat ti a'r llywodraeth yn dod â chacen i'r tŷ, dw i'n gobeithio y bydd hi'n un fawr.'

'Diolch,' medd Andrew.

Mae golwg braidd yn ddryslyd arno wrth iddo adael. Dw i'n cofio nad ydw i wir yn siŵr am lywodraeth Awstralia a phen-blwyddi.

Ar ôl tipyn, dw i'n codi ar fy eistedd ac yn dechrau bwyta.

Ychydig yn ddiweddarach, mae llais yn dod o'r tywyllwch ac yn gwneud i mi neidio. 'Rwyt ti'n gallu cael bola tost wrth fwyta gormod o sglodion,' medd y llais.

Dw i'n sylweddoli bod rhywun yn fy ngwylio o'r drws. Dw i'n clywed pêl yn bownsio ar y leino yn y coridor.

'Hei,' medd Omar, gan ddod i'r ystafell. 'I fi mae'r cinio ar y llawr?'

35

Rydyn ni yn Awstralia.

Bron iawn.

Rydyn ni wedi cael ein gwasgu i un o gychod rwber y llong ryfel, ac rydyn ni'n gwibio tuag at yr arfordir.

Mae Awstralia'n edrych mor wyrdd. Oni bai am y coed palmwydd llipa brown. A'r adeiladau llwyd â'r paent yn plisgo oddi arnyn nhw. A'r jeti pren a'r bagiau plastig wedi'u golchi i'r lan yn ei erbyn. Ond mae'r gweddill yn wyrdd iawn.

Mae rhai o'r bobl yn y cwch yn cydio yn ei gilydd ac yn llefain. Dw i ddim yn eu beio nhw. Mae bod yma'n teimlo'n well nag oeddwn i'n ei ddychmygu hyd yn oed.

Ond mae un peth nad ydyn ni wedi'i weld eto.

Cwch Mam a Dad.

Mae Bibi wrth fy ochr. Mae hi bron cwympo i'r dŵr, gan mor gyffrous yw hi. 'Edrychwch!' gwaedda. 'Ai hwnna draw fan 'na yw e?' Mae'n pwyntio at rywbeth rhydlyd ar ymyl y bae.

Mae Omar yn syllu arno. Dw i'n ei edmygu am fod mor dawel. Mae'i rieni e ar y cwch yna hefyd a dw i'n siŵr ei fod yn gyffro i gyd fel fi.

'Nage,' medd Omar. 'Tanc storio yw e.'

Dw i'n teimlo'n llai cyffrous. Mae e'n iawn.

Dw i'n syllu i fyny ac i lawr yr arfordir, yn awchu am weld cwch Mam a Dad.

'Jamal a Bibi!' gwaedda Andrew o ben blaen ein cwch ni. 'Peidiwch â phwyso allan gymaint.'

'Mae e'n waeth na Mam,' medd Bibi o dan ei hanadl.

Dw i'n cytuno. Mae Awstraliaid yn gallu bod yn rhy ofalus. Rydyn ni'n gwisgo siacedi achub ac mae Bibi'n cydio mewn pêl-droed. Os cwympwn ni i'r dŵr, fyddwn ni ddim yn suddo.

Ond mae fy mol yn suddo.

Does dim sôn am gwch Mam a Dad.

Mae Rashida'n gallu gweld pa mor siomedig ydyn ni. 'Efallai eu bod nhw wedi glanio mewn rhan arall o Awstralia,' medd hi. 'Efallai eu bod nhw ar y jeti'n disgwyl amdanoch chi.'

Wrth gwrs! Dyna sydd wedi digwydd!

Mae Bibi a minnau'n pwyso allan o'r cwch unwaith eto ac yn syllu ar y jeti. Dw i'n gallu gweld nifer o bobl yn aros i ni gyrraedd. Maen nhw braidd yn aneglur drwy'r ewyn a'r heulwen. Mae'n bosib mai Mam neu Dad yw unrhyw un ohonyn nhw.

Ar ôl cyrraedd y jeti, Bibi a minnau yw'r cyntaf i adael y cwch rwber.

'Mam!' gwaeddwn ein dau wrth i ni wthio drwy'r bobl. 'Dad!'

Does neb yn ateb.

Mae'r rhan fwyaf o'r bobl ar y jeti'n gwisgo iwnifform o ryw fath neu'i gilydd. Am eiliad wyllt dw i'n gobeithio bod rhyw forwyr caredig o Awstralia wedi benthyg eu hiwnifform i Mam a Dad. Ond wrth i mi graffu ar y wynebau o'm cwmpas, dw i'n gweld nad yw hyn wedi digwydd.

Dydyn nhw ddim yma.

Mae ton o fraw'n golchi drosof. Mae fy meddwl yn gwneud yr holl bethau dw i wedi ceisio'i rwystro rhag gwneud y dyddiau diwethaf hyn. Dychmygu Mam a Dad yn ymladd môr-ladron. Yn marw o syched. Yn cael eu hysgubo i'r môr gan storm.

Dw i'n gwneud fy ngorau glas i gadw'r braw a'r tristwch y tu mewn i mi. Mae Bibi druan yn crio'n barod ac os wnaf i ddechrau hefyd, bydd pawb yn drist. Mae gan hanner y bobl ar ein cwch ni ffrindiau neu deulu ar y cwch arall, gan gynnwys Omar.

Mae Andrew'n dod draw ac yn rhoi'i law ar fy ysgwydd.

'Dydyn ni ddim wedi dod o hyd i'r cwch arall eto,' medd ef yn dawel. 'Ond fe wnawn ni, dw i'n addo.'

Dw i'n edrych i'w wyneb ac mae'r hyn dw i'n ei weld yn gwneud i mi deimlo'n dawelach fy meddwl. Nid y brychni neu'r gwallt coch cyrliog. Yr olwg ar ei wyneb. Dw i'n gallu gweld pan fydd Awstraliaid yn gwneud addewid, eu bod nhw'n cadw at eu gair.

'Paid â phoeni,' meddaf wrth Bibi. 'Fe fydd popeth yn iawn.'

Dyw hi ddim yn edrych yn sicr iawn.

Dw i'n hollol sicr. Wrth i Andrew ein harwain oddi ar y jeti, dw i'n teimlo fel rhedeg a gweiddi a sgorio tua hanner cant o goliau.

Dyma Awstralia. Dw i'n cerdded ar lwybr yn Awstralia. Mae gwair Awstralia'n tyfu gerllaw. Mae pryfed Awstralia'n glanio ar fy wyneb.

Dw i'n cofleidio Bibi. 'Ry'n ni wedi'i gwneud hi,' meddaf.

Mae hithau'n fy nghofleidio innau ac yn rhoi gwên fach drwy'i dagrau. 'Mae'r gwair yn edrych yn dda i chwarae pêl-droed,' medd hi.

Mae Rashida ac Omar yn dod atom. Mae gwefusau Rashida yn edrych hyd yn oed yn wyrddach yma yn Awstralia. Maen nhw'n crynu mwy, yn bendant. Mae hi'n rhoi'i breichiau amdanaf i a Bibi ac Omar ac yn ein gwasgu'n dynn.

'Diolch,' sibryda.

Dw i'n diolch iddi hithau ac yn ei hatgoffa, pe na bai hi wedi ein cadw'n fyw gyda'i blawd, na fydden ni o gwmpas i'w helpu gyda'r môr-ladron.

'Na finnau chwaith,' medd Omar. 'Oni bai y gallwn i fod wedi crafu bwyd oddi wrth rywun arall.'

'O'r gorau, bawb,' medd Andrew ar ôl i'r bobl eraill o'r cwch ddod atom. 'Croeso i'ch cartref newydd.'

Mae'n ein harwain i glos llychlyd. Ynddo mae dau o'r pebyll mwyaf dw i erioed wedi'u gweld.

Pebyll cynfas a rhaffau go iawn a phob dim. Yn y pebyll, mae dynion a menywod llynges Awstralia'n gosod y gwelyau plygu o'r llong ryfel yn rhesi taclus.

'Dynion yn y babell yna,' medd Andrew. 'A menywod yn honna.'

Dw i'n teimlo Bibi'n rhewi wrth fy ochr. Does dim rhaid i mi edrych arni hyd yn oed i wybod beth mae hi'n ei feddwl.

'Na,' meddaf wrth Andrew. 'Ry'n ni'n aros gyda'n gilydd.'

Mae Rashida'n cydio yn llaw syfrdan Omar. 'A ninnau hefyd,' medd hi.

Mae Andrew'n ochneidio. Mae'n edrych ar y pedwar ohonom. 'O'r gorau,' medd ef. 'Dim ond tan i'ch rhieni gyrraedd.'

Dw i'n edrych ar ein pabell ni. Mae hi'n berffaith. Mae'n agos i'r jeti felly byddwn ni'n gallu clywed pan fydd y cwch arall yn cyrraedd. Ac fe fydd hi'n wych i ni gael rhywle i aros tra bydd Mam a Dad yn chwilio am swyddi, cyn i ni ddod o hyd i'n tŷ ein hunain.

Mae Bibi'n dal i edrych yn drist. Mae gen i syniad, rhywbeth i'w wneud fel nad yw hi'n meddwl am bethau.

'Hei,' meddaf wrthi hi a'r lleill. 'Beth am fynd am dro? Beth am fynd i weld yr holl bethau mae Andrew wedi bod yn sôn wrthon ni amdanyn nhw? Canolfannau siopa crand. Sinemâu sy'n dangos un deg pedwar o ffilmiau ar yr un pryd.

Beth am ddod o hyd i un o archfarchnadoedd Awstralia?'

Mae Bibi'n awyddus. A'r lleill hefyd.

Wedyn dw i'n sylwi ar Andrew'n edrych yn rhyfedd arnaf.

Dw i'n sylweddoli pam.

Dw i'n hynod o hunanol. Dyw Mam a Dad a rhieni Omar ddim hyd yn oed yma eto. Yr eiliad hon, gallen nhw fod yn eistedd ar ynys bellennig, yn aros i gael eu hachub. Byddwn i'n eithaf creulon, yn rhuthro i weld popeth hebddyn nhw.

Dw i'n edrych yn ddiolchgar ar Andrew.

Diolch byth bod Awstraliaid mor wych am feddwl am eraill.

36

Mae Bibi'n cicio'r bêl ataf.

Pasio da.

Dw i'n osgoi tacl gan forwr o Awstralia ac yn pasio i Omar. Mae yntau'n saethu. Mae ein cefnogwyr ni'n cymeradwyo. Mae'n ymdrech dda, ond braidd yn obeithiol o bedwar deg metr. Mae eu gôl-geidwad nhw'n rhedeg allan ac yn codi'r bêl o'r man lle'r arhosodd hi.

'Ymdrech dda, Omar,' meddaf.

Syniad gwych gan Andrew yw hwn. Gêm bêl-droed i'n cadw'n brysur tra byddwn ni'n aros i'r cwch arall gyrraedd.

Ffoaduriaid yn erbyn Awstraliaid.

Dw i wrth fy modd. A Bibi hefyd. Mae chwarae mewn tîm hyd yn oed yn well na chwarae un bob ochr. Ac mae'n wych bod tyrfa'n ein gwylio ni. Mae pawb o'r cwch yma. Er bod y llong ryfel wedi mynd yn ôl i'r môr, mae llwythi o Awstraliaid yma o hyd i gefnogi eu tîm.

Dyw Omar ddim fel petai'n mwynhau cymaint. Am ryw reswm, mae'n edrych yn fwy diflas nag arfer. Efallai achos nad yw e'n dda iawn am chwarae pêl-droed.

'Jamal,' medd ef. 'Wyt ti wedi clywed beth mae pobl yn ei ddweud?'

Druan â fe. Rhaid ei fod wedi clywed ein cefnogwyr ni'n beirniadu'r ffordd y mae e'n chwarae.

'Paid â phoeni,' meddaf wrtho. 'Doedd dim llawer o siâp arna i ar y dechrau chwaith. Nawr ein bod ni wedi cyrraedd Awstralia, fe fydd digon o amser gyda ti i ymarfer.'

'Nid hynna,' medd Omar. 'Beth maen nhw'n ddweud am y gwersyll yma.'

Alla i ddim canolbwyntio ar fân siarad y gwersyll. Mae'r tîm arall newydd sgorio eto. Chwe gôl i ddim. Mae'r Awstraliaid yma mor dda, mae'n anodd credu nad ydyn nhw erioed wedi chwarae gyda'i gilydd tan heddiw. Mae Andrew'n dweud nad oedd pêl-droed gyda nhw hyd yn oed cyn i mi gyrraedd. Mae hynny'n rhyfedd. Pam nad aethon nhw i archfarchnad i brynu un?

'Jamal,' medd Omar eto. 'Wyt ti'n gwrando arna i?'

'Nac ydw,' meddaf. 'Dydw i ddim. Os wyt ti eisiau ennill wrth chwarae pêl-droed, mae'n rhaid i ti ganolbwyntio ar y gêm. Dwyt ti ddim yn gweld chwaraewyr Manchester United yn siarad â'i gilydd yn ystod gemau.'

Dw i'n gwybod fy mod i braidd yn gas, ond os yw Omar eisiau gwella, mae'n rhaid iddo ddeall y pethau sylfaenol.

Dw i'n rhuthro 'nôl i ganol y cae.

'Jamal a Bibi,' medd Rashida wrth i ni ddechrau

eto. 'Rhedwch i fyny i'w pen nhw o'r cae ac fe geisia i gael y bêl i chi.'

Mae hi eisiau i ni chwarae saethwyr dwfn.

'A finnau hefyd,' medd Omar.

I ffwrdd â Bibi fel roced. Dw i braidd yn gallu ei dal hi. Mae hi nid yn unig yn gallu cicio'n galetach na mi, dw i'n credu ei bod hi'n gallu rhedeg yn gynt na mi hefyd. Bydd rhaid i mi ymarfer yn galed neu fe allai hi gael lle gyda Dubbo Abattoirs United a minnau'n cael fy ngadael allan o'r tîm.

O waw! Mae Rashida wedi'i gwneud hi. Mae'r bêl yn hedfan tuag ataf. Dw i'n ei tharo â'm brest ac yn troi am y gôl.

Mae fy nghlun yn brifo.

Mae dau o amddiffynwyr Awstralia ar fy mhen i.

Gwyliwch hyn, Syr Alex. Gwelais Rooney'n gwneud hyn unwaith a dw i'n siŵr mai chi ddwedodd wrtho. Dau amddiffynnwr, cer rhyngddyn nhw, ceisia eu drysu nhw.

Gwych!

Mae'n gweithio, ac achos bod Awstraliaid mor gwrtais, does dim un ohonyn nhw'n chwarae'n frwnt.

Dw i'n pasio at Bibi, sydd mewn safle gwych i saethu. Ysguba hi heibio iddyn nhw, Bibi. O na, mae un o amddiffynwyr Awstralia'n ei rhwystro hi. Dyw hi ddim yn siŵr beth i'w wneud. Mae hi'n pasio 'nôl i mi.

Dw i'n gallu clywed dau amddiffynnwr Awstralia'n rhedeg yn drwm tuag ataf.

'Pasia!' sgrechia Omar.

'Saetha!' sgrechia Bibi.

Dw i'n oedi, ac yna'n saethu.

Mae fflach o boen yn llosgi o'm clun, ond does dim ots gen i. Dyw'r gôl-geidwad ddim yn symud, hyd yn oed. Mae'r bêl fel taflegryn, yn fflachio drwy'r pyst, dros y dyrfa ac yn taro ffens y gwersyll yn galed.

Dw i'n taflu fy mreichiau i'r awyr.

'Gôl!' gwaedda Bibi'n hapus.

Bydd ein cefnogwyr wrth eu boddau. Does dim byd fel gôl i godi dy galon ar ôl taith hir a pheryglus a blynyddoedd o erledigaeth gan lywodraeth gas a didostur.

Ond does dim sŵn cymeradwyo. Dim ond tawelwch. Mae ein cefnogwyr yno'n sefyll, yn syfrdan. Dyw rhai ddim yn cymryd sylw hyd yn oed. Maen nhw'n sgwrsio â'i gilydd.

Oeddwn i'n camsefyll? Ydy'r dyfarnwr wedi gwrthod caniatáu'r gôl? Mae Bibi'n edrych mor ansicr â mi. Mae'r dyfarnwr yn chwythu'i chwib ac yn pwyntio at y smotyn canol.

Gôl yw hi.

Mae ein cefnogwyr ni'n gwneud sŵn nawr, ond nid cymeradwyo maen nhw. Maen nhw'n wylofain ac yn sgrechian ac yn crio.

Beth sy'n digwydd?

Mae pobl yn rhedeg ar y cae, yn taflu eu breichiau am ein chwaraewyr ni, yn llefain y glaw.

Mae fy mreichiau'n dal yn yr awyr. Dw i'n teimlo'r gwaed yn llifo allan ohonyn nhw.

Oes gan hyn rywbeth i'w wneud â'r hyn roedd Omar yn ei ddweud? Rhywbeth i'w wneud â'r gwersyll?

Wedyn dw i'n clywed yr hyn mae'r bobl o'm cwmpas yn ei ddweud a dw i'n teimlo'r gwaed yn llifo allan o'm calon.

Mae newyddion wedi cyrraedd am y cwch arall.

Cwch Mam a Dad.

Mae e wedi suddo.

37

Dw i'n chwilio'n wyllt o gwmpas y maes am Andrew.

Rhaid i ni lansio cwch achub.

Dw i'n methu ei weld ynghanol yr holl bobl sy'n wylofain ac yn udo. Wedyn dw i'n cofio ei fod allan ar y llong ryfel.

Mae criw o forwyr Awstralia'n pwyso yn erbyn y ffens ac yn ysmygu, ddim yn bell o'r man lle mae Bibi'n gorwedd yn ei dagrau ar y borfa. Dw i'n rhedeg atyn nhw, gan chwifio fy mreichiau.

'Dewch!' gwaeddaf. 'Mae'n rhaid i ni lansio cwch i fynd i helpu i chwilio am y rhai sy'n dal yn fyw.'

Mae morwyr Awstralia'n edrych arnaf.

'Nawr!' sgrechiaf. 'Cyn iddi fod yn rhy hwyr! Mae pobl yn y môr! Dyw Dad ddim yn gallu nofio!'

Mae morwyr Awstralia'n edrych ar ei gilydd. Mae un ohonyn nhw'n dweud rhywbeth wrthyf nad ydw i'n ei ddeall ac yn fy chwifio o'r ffordd.

Alla i ddim credu'r peth. Wedyn dw i'n sylweddoli beth sy'n digwydd. Dydyn nhw ddim yn medru siarad fy iaith i. Dydyn nhw ddim yn deall.

Dw i'n cydio mewn darn o bren ac yn tynnu

llun yn y llwch yn wyllt. Cwch pysgota'n suddo. Llong ryfel yn gwneud ei gorau. Mwy o bobl yn y dŵr nag y gall y llong ryfel ymdopi â nhw, gan gynnwys Mam a Dad.

Mae morwyr Awstralia'n syllu ar fy narlun.

Alla i ddim credu hyn! Mae un ohonyn nhw'n gwenu'n gam!

'Does dim gwahaniaeth gyda chi?' gwaeddaf arnyn nhw. 'Does dim gwahaniaeth gyda chi bod fy rhieni'n boddi? Alla i ddim credu'r peth! Alla i ddim credu y gall pobl fod fel hyn yn Awstralia!'

Mae un o'r morwyr yn syllu arna i. 'Awstralia?' medd ef.

Mae'n cymryd y darn pren oddi arnaf ac yn tynnu llun yn y llwch. Ynys fawr. Wedyn mae'n tynnu llun ynys fach, ymhell o'r ynys fawr. Mae'n pwyntio at yr ynys fawr.

'Awstralia,' medd ef.

Mae'r morwr oedd yn gwenu'n gam yn gwenu'n fwy cam byth.

Mae'r morwr â'r darn pren yn pwyntio at yr ynys fach ac yn amneidio at y maes pêl-droed a'r pebyll a'r harbwr.

'Nid Awstralia,' medd ef, 'yw'r fan hyn.'

38

'Jamal.'

Llais Rashida, yn feddal yn nhywyllwch y babell.

Dw i ddim yn edrych i fyny. Dw i'n dal i wthio fy wyneb yn fy nghlustog laith a chadw fy mreichiau'n dynn am Bibi.

'Jamal, Bibi, dw i wedi dod â chinio i chi. Eich hoff bryd bwyd chi. Bysedd pysgod, sglodion a phys.'

'Cer o 'ma,' llefa Bibi.

Dw i ddim eisiau bwyd.

Dw i ddim eisiau Rashida.

Dw i ddim eisiau Awstralia.

Dim ond Mam a Dad dw i eisiau.

'Fe siaradais i â'r dyn sydd wrth y radio fan hyn,' medd Rashida, a'i llais yn crynu. 'Fe wnaeth y llong ryfel ei gorau glas. Ar ôl codi'r tri pherson ifanc o'r cwch, fe fuon nhw'n chwilio am oriau. Fe wnaethon nhw eu gorau.'

Dyw hynny ddim yn gysur i mi. Dw i'n meddwl o hyd, petaem ni wedi cadw'r ganhwyllbren, gallai Mam a Dad fod wedi cynnau cannwyll a byddai'r rhai oedd wrthi'n achub wedi eu gweld cyn iddyn nhw lithro i ddyfnderoedd y môr. Mae hynny'n syniad twp achos petai Mam heb werthu'r ganhwyllbren, byddem ni'n dal yn y gwersyll ffoaduriaid. Neu yn un o garchardai'r llywodraeth.

Trueni nad oedden ni, yn hytrach na Mam a Dad ar waelod y môr a minnau a Bibi ar ynys filoedd o gilometrau o Awstralia.

Dw i'n teimlo Rashida'n gwthio rhywbeth i'm llaw. Rhywbeth gwastad.

'Dy bêl-droed di,' medd hi'n drist. 'Pan sgoriaist ti dy gôl fawr, cafodd hi ei thyllu ar y weiren bigog.'

Does dim gwahaniaeth gen i.

Dyw Rashida ddim yn dweud dim am amser hir. Dim ond sŵn Bibi a'r bobl eraill yn crio sydd i'w glywed yn y babell.

Dw i'n cydio'n dynn yn Bibi.

Dw i'n clywed Rashida'n tynnu anadl ddofn. Wrth iddi siarad, mae ei llais yn crynu.

'Jamal a Bibi, dw i eisiau i chi wybod fy mod i gyda chi o hyd. Dw i'n gwybod nad yw hynny'r un peth, ond dw i gyda chi.'

'Diolch,' meddaf yn dawel i'm clustog.

Dw i'n teimlo ychydig bach yn well ar ôl iddi ddweud hynny. Ond dim ond yn yr ystyr mai rhan olaf boddi sy'n teimlo'n well. Rwyt ti'n dal i wybod mai dyna'r diwedd, hyd yn oed os wyt ti'n meddwl dy fod ti'n gallu gweld Awstralia.

Am ryw reswm, mae meddwl am hyn yn gwneud i mi grio hyd yn oed yn fwy.

Erbyn i mi orffen, mae Rashida wedi mynd.

Dim ond fi a Bibi sydd ar ôl.

Mae Bibi'n cysgu o'r diwedd.

Dyna pam dw i fan hyn yn gorwedd ar y maes pêl-droed. Fel nad ydw i'n tarfu arni wrth i mi geisio cynllunio ein dyfodol. Mae'n anodd cynllunio'n dawel pan wyt ti'n crio.

Dw i ddim eisiau meddwl am y dyfodol. Dw i ddim eisiau meddwl o gwbl. Ond mae'n rhaid i rywun feddwl a dim ond deg oed yw Bibi.

'Jamal.'

Llais o'r tywyllwch. Er bod y lleuad yn disgleirio, dw i'n methu gweld neb.

'Jamal.'

Llais Omar, yn sigledig ac ansicr. Nid dyna sut mae Omar fel arfer. Wedyn dw i'n cofio bod ei rieni e ar y cwch yna hefyd. Roeddwn i wedi anghofio hynny. Mae galar yn gallu gwneud i ti fod yn hunanol iawn.

'Draw fan hyn,' galwaf arno.

Mae'n dod draw ac yn gorwedd wrth fy ochr.

'Mae gen i rywbeth i'w ddweud wrthot ti,' medd ef.

Y peth cyntaf sy'n dod i'm meddwl yw: dw i ddim eisiau clywed. Roedd y darn olaf o newyddion ddwedodd Omar wrtha i fan hyn ar y maes pêl-droed yn ddigon gwael. Neu byddai wedi bod, petawn i wedi gwrando. Mewn gwirionedd mae popeth mae pobl wedi'i ddweud wrtha i'n ddiweddar wedi bod yn ofnadwy. Heblaw am Andrew, ond celwyddgi yw e.

Wedyn dw i'n cofio bod Omar yn galaru hefyd.

'Beth sy'n bod?' meddaf.

'Doedden nhw ddim ar y cwch,' medd ef.

Dw i'n rholio drosodd ac yn syllu arno.

'Pwy?' meddaf.

Mae'n edrych ar y gwair.

'Fy rhieni,' medd ef. 'Fe fuon nhw farw pan o'n i'n ddwy.'

Does neb yn dweud dim am oesoedd.

'Sut cest ti docyn i Awstralia?' gofynnais o'r diwedd.

'Wnes i ddim,' medd ef. 'Fe arhosais i ar bwys teulu mawr yn y gwersyll a phan aethon nhw ar y bysiau, dyna wnes innau hefyd. Felly roedd pobl yn meddwl fy mod i gyda nhw.'

'Beth am yr awyren?' gofynnais.

'Yr un peth. Fe es i guddio yn y toiled. Mae'n ddrwg gen i 'mod i wedi dweud celwydd wrthot ti, Jamal.'

Dw i'n meddwl am hyn yn araf bach. Dyma blentyn heb rieni sydd ddim yn gadael i hynny ei rwystro. Plentyn sy'n mynd allan a gwneud pethau. Fel teithio i Awstralia heb docyn.

Does neb yn dweud dim am oesoedd eto.

Dw i'n syllu ar y sêr a meddwl am yr hyn y gallwn i a Bibi fynd allan i'w wneud. Gallen ni deithio o gwmpas Awstralia'n siarad â chwaraewyr y mae eu timau newydd golli gemau. Pan fyddwn ni'n dweud wrthyn nhw beth sydd wedi digwydd i ni a phan fyddan nhw'n gweld ein dagrau, fydd pethau ddim yn ymddangos cynddrwg iddyn nhw. Yn gyfnewid am hynny, efallai y cawn ni hyfforddi gyda nhw.

Mae Omar yn aflonydd. Dw i'n gallu gweld bod rhywbeth arall ar ei feddwl.

'Paid â gofyn i mi am fy rhieni,' medd ef yn sydyn. 'Achos dw i ddim yn gwybod dim amdanyn nhw. Ond dw i'n gwybod am fy hynafiaid.'

'Dwed wrtha i amdanyn nhw,' meddaf.

'Lladron oedden nhw,' medd Omar. 'Cafodd dwylo un eu torri i ffwrdd.'

Dw i'n cofio Omar yn ceisio dwyn fy mhêl- droed. Dw i hefyd yn ei gofio'n ei hachub hi o'r harbwr. Ac yn cydio'n dynn yn Bibi, yn ei hatal hi rhag ymosod ar y môr-leidr. Efallai bod Omar yn meddwl ei fod yn lleidr, ond dyw pethau byth mor syml â hynny.

Dw i'n edrych yn garedig arno, i ddangos iddo fy mod i'n deall.

'Beth am dy hynafiaid di?' medd Omar.

'Rhyfelwyr yr anialwch oedd un ochr,' meddaf. 'A phobyddion oedd y lleill.'

'Beth wyt ti, rhyfelwr neu bobydd?' medd Omar.

Dw i'n meddwl am hyn. Dw i'n meddwl am yr holl bethau sydd wedi digwydd. Dw i'n teimlo'n llawn galar eto, oherwydd, yn sydyn, dw i'n gwybod yr ateb ac mae hynny'n gwneud i mi weld eisiau Mam a Dad yn ofnadwy.

'Ychydig o'r ddau,' meddaf.

40

Fi yw Manchester United. Dw i'n sgorio gôl. Mae Bibi, sydd hefyd yn nhîm Manchester United, yn rhoi cwtsh fawr i mi. Mae Mam a Dad, sydd ddim yn nhîm Manchester United ond sydd yno beth bynnag, yn rhoi cwtsh fawr i mi hefyd. Mae'n deimlad braf.

Wedyn dw i'n deffro.

Dyw e ddim yn deimlad braf mwyach. Mae'n brifo cryn dipyn. Ac nid dim ond fy nghlun sy'n brifo.

Mae Bibi'n fy siglo i. Dw i'n agor fy llygaid ac yn edrych o'm cwmpas. Mae'r babell yn llawn pobl yn gweiddi a rhedeg.

'Jamal!' gwaedda Bibi. 'Cwyd!'

Y peth cyntaf sy'n dod i'm meddwl yw bod rhywun wedi camu ar ffrwydryn tir. Rhyfedd. Rydyn ni wedi bod ar yr ynys hon am dri diwrnod a does neb wedi dweud dim am ffrwydron tir. Efallai nad ydyn nhw eisiau digalonni plant amddifad.

Dydyn nhw ddim yn fy adnabod i'n dda iawn.

Mae gen i gynllun. Dwy awr y dydd yn crio, a gweddill yr amser yn cael ei dreulio fel dinesydd cynhyrchiol a llon i Awstralia.

Nid ffrwydryn tir yw e, does bosib. Mae'r lleisiau'n gyffrous. Yn hapus, bron.

'Dere!' gwaedda Bibi. Mae'n fy llusgo o'r babell.

Mae pobl yn rhedeg i lawr i'r jeti.

Yng ngolau'r wawr, dw i'n gweld pam. Mae'r llong ryfel wedi dychwelyd, ac mae'n eistedd yn yr harbwr. Dw i'n gallu gweld siâp y cwch rwber yn bownsio ar draws y dŵr llwyd tuag atom.

Dw i'n troi i fynd yn ôl i'r gwely. Wedyn mae syniad yn fy nharo. Rhaid eu bod yn dod yn ôl â'r rhai a lwyddodd i oroesi. Tri bachgen yn eu harddegau, medd Rashida. Efallai bod y bechgyn wedi siarad â Mam a Dad tra oedd y cwch yn suddo. Efallai bod ganddyn nhw neges i mi a Bibi.

Gan hercian yn araf, dw i'n gadael i Bibi fy arwain i lawr i'r jeti.

Mae pobl yn dringo o'r cwch rwber. Mae pobl eraill yn chwerthin ac yn crio.

Rhaid fy mod i'n dal rhwng cwsg ac effro. Dw i ddim yn deall pwy yw'r holl bobl yma.

Wedyn dw i'n gweld rhywbeth sy'n gwneud i mi feddwl nad ydw i rhwng cwsg ac effro. Dw i'n dal i freuddwydio.

Omar, yn cofleidio teulu dagreuol. Teulu mawr, dagreuol, yn crio ac yn chwerthin.

Mae'n fy ngweld i ac yn edrych braidd yn swil. 'Dyma'r teulu mawr ro'n i'n sôn wrthot ti amdanyn nhw,' medd ef. Wedyn mae'n troi'n ôl i'w cofleidio eto.

Dw i'n syllu. Maen nhw yno, go iawn.

Nesaf atyn nhw mae dyn o'n pabell ni'n siarad â swyddog o lynges Awstralia. Yn sydyn mae'r dyn yn beichio crio ac yn syrthio'n swp ar y jeti.

'Na,' llefa wrth i'r swyddog geisio ei helpu i sefyll. 'Dw i ddim eisiau byw. Ddim hebddyn nhw.'

Mae fy nhu mewn yn dechrau brifo wrth i mi sylweddoli beth sy'n digwydd. Rhaid bod newyddion wedi dod 'nôl am y bobl a foddodd ar y cwch arall.

Mae Bibi'n cydio yn fy llaw ac yn sgrechian.

Sgrech o lawenydd enfawr.

Dw i'n troi'n sydyn.

Mae Mam a Dad yn sefyll yno.

'Fe aeth y llong ryfel heibio i ni,' medd Mam. 'Ond wedyn fe lwyddon nhw i'n gweld ni.'

Mae Bibi'n ei thaflu'i hun atyn nhw. Dw i'n methu symud. Dw i wedi fy mharlysu gan ryddhad a llawenydd.

Does dim gwahaniaeth.

Maen nhw'n dod ataf i.

41

Doeddwn i ddim yn meddwl bod dagrau gen i ar ôl, ond mae rhai yno o hyd. Maen nhw'n powlio ar hyd fy wyneb ac yn mynd dros Mam a Dad a Bibi a dw i erioed wedi teimlo dim byd tebyg.

Rydyn ni'n cofleidio ein gilydd am gymaint o amser fel bod yr haul wedi codi erbyn i ni aros i dynnu anadl o'r diwedd. Pan rydyn ni'n gallu siarad o'r diwedd, rydyn ni'n mynd i'r babell ac yn sgwrsio am oesoedd.

Dw i'n rhoi'r newyddion drwg iddyn nhw yn gyntaf.

'Dydyn ni ddim yn Awstralia,' meddaf yn dawel. 'Ynys yn y Cefnfor Tawel yw hon.'

Dyw Mam a Dad ddim yn ymddangos fel petaen nhw wedi synnu. Dw i'n synhwyro eu bod nhw'n gwybod yn barod.

Mae Mam yn rhoi'i breichiau amdanon ni. 'Rydyn ni i gyd gyda'n gilydd,' medd hi. 'Ry'ch chi'n ddiogel. Dyna'r unig beth sy'n bwysig i mi.'

Mae hi a Dad yn ein holi am ein mordaith.

'Dw i'n falch ohonot ti, fachgen,' medd Dad ar ôl i mi ddweud wrtho sut y buon ni'n taflu'r dŵr o'r cwch.

'Y camel hunanol,' medd Mam ar ôl i Bibi ddweud wrthi am y morwr a aeth â'r unig fwced.

'Yn union,' medd Bibi. Wedyn mae'n gwgu ac yn edrych o gwmpas y babell. Mae rhai pobl yn siarad yn hapus fel ni, ond mae eraill yn llefain â'u llygaid yn goch.

'Mae Rashida'n dweud,' medd Bibi'n feddylgar, 'bod rhai pobl yn gamelod hunanol o achos beth sydd wedi digwydd iddyn nhw.'

Rydyn ni'n cyflwyno Mam a Dad i Omar a Rashida.

Mae Mam yn crio eto wrth i mi egluro sut achubodd blawd Rashida ein bywydau, ac mae'n cofleidio Rashida am oesoedd.

'Fe achubais innau ei fywyd hefyd,' medd Omar.

Mae Dad yn ei gofleidio am oesoedd.

Dw i'n gweld bod Omar yn teimlo braidd yn anghyfforddus, felly dw i'n newid y pwnc.

'Mae gen i ychydig o newyddion da,' meddaf wrth Mam a Dad. 'Mae Bibi'n wirioneddol dda am chwarae pêl-droed. Mae hi'n mynd i fod yn seren pêl-droed.'

Mae Bibi'n wên o glust i glust. Mae hi'n fy mhwnio'n gadarn ar fy ysgwydd. 'A Jamal hefyd,' medd hi. 'Dwed wrthyn nhw am y cynllun, Jami.'

Dw i'n syllu arni.

Jami?

'Mae angen llysenw ar seren pêl-droed,' medd Bibi. 'Dwedodd Omar wrtha i.'

Dw i'n dweud wrth Mam a Dad am ein cynllun ar gyfer dyfodol Afghanistan. Am gael gyrfaoedd pêl-droed yn Awstralia a helpu i ffurfio llywodraeth newydd gartref fel y gallwn ni i gyd ddychwelyd yn ddiogel.

Mae Mam a Dad yn edrych ar ei gilydd ac mae eu llygaid yn llenwi â dagrau eto. Dw i'n gwybod sut maen nhw'n teimlo. Mae hapusrwydd yn gallu gwneud i hynny ddigwydd.

42

Mae Andrew yn eistedd mewn swyddfa fach yn un o'r adeiladau â'r paent yn plisgo oddi arnyn nhw.

'Helo, Jamal,' medd ef. 'Dw i mor falch drosot ti.'

Dw i'n tynnu anadl ddofn ac yn agor fy ngheg i ofyn y cwestiwn dw i wedi dod i'w ofyn.

Cyn y galla i wneud hynny, mae Andrew'n siarad eto. 'Dw i eisiau ymddiheuro hefyd,' medd ef. 'Fe ddylwn i fod wedi dweud y gwir wrthot ti am y lle hwn. Ro'n i'n gwybod dy fod ti'n meddwl dy fod ti yn Awstralia, ond ar ôl popeth roeddet ti wedi bod drwyddo allwn i ddim . . .'

Mae'n codi'i ysgwyddau. Dw i erioed wedi gweld Awstraliad yn edrych mor ddiflas.

'Popeth yn iawn,' meddaf. 'Dw i'n deall.'

Ond mae rhywbeth nad ydw i'n ei ddeall.

'Pam daethoch chi â ni yma?' gofynnaf.

Mae Andrew'n edrych hyd yn oed yn fwy diflas.

'Mae llywodraeth Awstralia wedi newid ei pholisi am ffoaduriaid,' medd ef. 'Hynny yw, maen nhw wedi diwygio'r trefnau a'r protocolau. Hynny yw . . .'

Dw i'n ei wylio'n gwneud ei orau i chwilio am y geiriau iawn. Trueni na all e. Dyw'r geiriau y mae wedi'u defnyddio hyd yma ddim yn swnio'n iawn i Awstraliad, ddim hyd yn oed un sy'n siarad fy iaith i.

'Roedd etholiad yn Awstralia,' eglura Andrew. 'Roedd llywodraeth Awstralia'n meddwl y bydden nhw'n cael rhagor o bleidleisiau trwy eich cadw chi allan.' Mae ei lais yn troi hyd yn oed yn dawelach ac yn dristach nag o'r blaen. 'Ac fe lwyddon nhw.'

Dw i'n ceisio deall beth mae Andrew'n ei ddweud. Dw i'n credu fy mod i'n dechrau deall. Hefyd mae teimlad rhyfedd a phryderus yn dechrau cyniwair yn fy mol.

Dyw rhai Awstraliaid ddim eisiau i ni fynd yno.

Mae fy mhen yn troi.

Mae Andrew'n sefyll ac yn mynd i silff ac yn rhoi rhywbeth i mi. Fy mhêl-droed.

'Dw i wedi'i thrwsio hi i ti,' medd ef.

Dw i'n syllu ar y clwt newydd sydd ar ben y lleill i gyd. Clwt baner Awstralia.

'Diolch,' meddaf.

Dw i'n edrych arno er mwyn iddo wybod nad dim ond diolch am y bêl dw i'n wneud. Er mwyn iddo wybod fy mod i'n diolch am bopeth.

Ond dw i ddim yn deall. Dyma ddyn sydd mor garedig ag y gall fod, sy'n dod o wlad lle mae calonnau pobl yn fwy na thorthau cynnes, ac eto dyw rhai pobl ddim eisiau i ni fynd yno.

Pam?

'Rho gynnig arni,' medd Andrew, gan amneidio at y bêl.

Does dim llawer o chwant gwneud triciau pêl arna i, ond mae Andrew'n edrych mor anhapus dw i'n gwneud hynny i godi'i galon. Dw i'n gollwng y bêl ar fy nhroed ac yn ceisio rhoi cic fach sydyn iddi i'm pen-glin. Mae fy nghlun yn ffrwydro gan boen. Dw i'n sgrechian ac mae fy nghoes yn gwingo.

Mae'r bêl yn mynd drwy'r ffenest.

'Sori,' meddaf mewn syndod wrth i mi bwyso yn erbyn desg Andrew.

Dyw Andrew ddim hyd yn oed yn edrych ar y ffenest. Mae'n edrych arnaf i, a'i wyneb yn rhychau o ofid.

'Druan â ti,' medd ef. 'Mae angen sylw meddygol arnat ti. Ac nid ti yw'r unig un. Does dim peiriant pelydr X gyda ni, hyd yn oed.'

Mae'n eistedd yn ei gadair ac yn rhoi'i ben yn ei ddwylo.

Am eiliad, dw i'n meddwl mai'r ffenest sy'n ei boeni, ond nid hynny sydd.

'Dw i'n casáu beth rydyn ni'n ei wneud i chi,' medd ef yn dawel. 'Nid dyna sut roedd hi i fod ac mae'n ddrwg iawn gen i.'

Dw i'n gallu gweld ei fod yn gwneud ei orau i reoli ei deimladau. Dyna mae wedi cael ei hyfforddi i'w wneud. Ond dyw hynny ddim yn gweithio, oherwydd ei fod wedi bod ar ddyletswydd am gymaint o oriau, siŵr o fod.

Mae deigryn yn treiglo i lawr ei wyneb.

Mae'n cau ei lygaid yn dynn.

Dw i'n hercian draw i'w ochr ef o'r ddesg ac yn cyffwrdd â'i fraich yn ysgafn.

'Dw i'n falch eich bod chi yma,' meddaf.

Dw i'n gwybod sut mae'n teimlo. Mae bod ymhell oddi cartref yn gallu gwneud i rywun deimlo'n drist ac unig iawn. Yn enwedig pan fydd gen ti freuddwyd a thithau'n sylweddoli na fydd hi'n hawdd ei gwireddu.

'Ydych chi'n gwybod beth yw cyfrinach pêl-droed?' gofynnaf iddo.

Mae Andrew'n ysgwyd ei ben.

Dw i'n dweud wrtho. 'Peidiwch byth â rhoi'r ffidl yn y to,' meddaf, 'hyd yn oed pan fydd pethau'n edrych yn ddu.'

Am ryw reswm mae hyn yn gwneud i Andrew gau'i lygaid hyd yn oed yn dynnach, felly dw i'n rhoi fy mraich am ei ysgwyddau.

Mae'n edrych arnaf ac yn gwenu'n drist.

Dw innau'n gwenu'n ôl ac yn meddwl am yr holl Awstraliaid eraill sydd, mae'n rhaid, yn bobl caredig fel Andrew.

'Fe fydd popeth yn iawn,' meddaf wrtho. 'Dw i'n gwybod y bydd e.'

Dw i'n edrych allan o'r ffenest sydd wedi torri.

Mae'r môr fel anialwch disglair yn haul y bore.

I lawr ar y traeth, gallaf weld Mam a Dad a Bibi'n cerdded gyda'i gilydd wrth ymyl y dŵr. Er eu bod yn pigo eu ffordd drwy fagiau plastig a gwymon sy'n pydru, maen nhw'n edrych mor hapus fel bod fy mrest yn llenwi â chariad a dw i'n teimlo mor lwcus.

Dw i'n gwybod nad Awstralia yw'r ynys hon mewn gwirionedd, ond mae'n teimlo fel Awstralia i mi.